Deja de mirar el puto móvil

Álvaro Gómez Gómez

©: Álvaro Gómez Gómez, 2017.
Fecha de publicación: noviembre de 2017
Portada y maquetación: Javier Gómez Gómez
ISBN: 978-84-697-7830-2

A Pilar, por tanto Garrote,
cariño y paciencia.
A Casimiro, Bruno y Walter,
por hacer mejor este libro.

ÍNDICE

Por qué este libro:

Miramos el móvil cientos de veces al día, a menudo para nada útil. La intención de esta serie de relatos cortos es que sustituyas alguno de esos vistazos a Whatsapp, Instagram, Facebook, Snapchat, Tinder, Grindr, *etcéterapp*, por algo distinto.

CEGUERA

Recorrió como pudo el último tramo de acera esquivando bolardos y un par de escalones escondidos. A punto estuvo de pisar el erguido regalo que un pastor alemán había elegido como sorpresa para su amigo invisible. Tocó el timbre y una mujer mayor accionó la puerta automática de cristal desde un mostrador.

—Hola, venía a revisarme la vista.

—Sí, le atienden enseguida. Pase al fondo y siéntese, si quiere.

Atravesó la óptica hasta la sala de espera, donde hizo su entrada triunfal saludando al personal con un alarido gutural, consecuencia del dolor agudo que le produjo hincarse una mesa baja en la espinilla. Bien maciza y bien afilada.

Se repuso, se sentó e hizo la vista gorda a la risa mal contenida de una niña estrábica que esperaba su turno junto a su madre. Se abrió la puerta y apareció un hombre alto con bata que captó toda la atención del ojo izquierdo de la cría.

—¡Protagonista!, cuánto tiempo sin verte, pasa, pasa.

—Gracias, Luis.

El despacho de Luis estaba compuesto por una sencilla mesa de pino, varias sillas y un sillón rojo articulado del que brotaban manojos de cables y todo tipo de artilugios, colocado frente a una pared blanca sobre la que se proyectaban letras y números de distintos tamaños.

—Bueno, ¿qué tal todo? Cuéntame.

—Pues como siempre. Vengo sobre todo porque Ana está preocupada, dice que no sabe si no veo un carajo, si de pronto soy daltónico o si tengo otro tipo de problema, el caso es que le da miedo que algún coche me pase por encima o que termine en el fondo de un barranco.

—Vaya, ¿tú notas que ves peor?

—La verdad es que no. Yo creo que estoy como siempre.

—Siéntate ahí, por favor.

Después del desfile alfanumérico de rigor y de alguna prueba más, el óptico invitó a Protagonista a volver a la silla.

—Pues sí, tu mujer tiene razón, algo te pasa; pero tranquilo, tiene fácil arreglo. Últimamente me lo estoy encontrando bastante.

—¿Y bien?

—Gilipollez, es lo que tienes.

—¿Cómo dices?

—Sí, aguda. Para tratarla, en este caso en concreto, basta con que levantes la cabeza de la pantalla del móvil y mires por dónde vas. Así evitarás morir atropellado o caerte por un puente.

—Ya veo…

VIERNES

Los viernes limaban las aristas de su alarma de las 7:00. El sonido era parecido que de lunes a jueves, pero no le rasgaba brutalmente el descanso ni le despertaba una incontrolable sed de sueño y venganza.

El café le salía mejor, aun siendo de cápsula, el camión de la basura hacía menos ruido y el desorden esparcido por cada rincón de su piso amanecía de buen humor y se quedaba callado durante el desayuno, como si no estuviera.

Al salir a la calle, lucía siempre un sol radiante, aunque lloviera a cántaros, incluso aunque fuera tan temprano que el sol siguiera dormido. La magia del viernes también pasaba por las caras de acelga de los pasajeros del metro, tenían un toque menos lánguido y aburrido, más brócoli.

Aquella mañana, la línea terminaba en Alonso Martínez, había una avería en el sistema eléctrico, así que Protagonista y el resto de animadas verduras tuvieron que bajarse y buscar un transporte alternativo; pero no importaba, porque era viernes.

Además, había salido con tiempo, impulsado por la euforia y las ganas de extirpar cuanto antes el tumor laborable a su semana, así que, a pesar del retraso, no llegó tarde. De hecho, pudo redesayunar en el bar de abajo y echar un ojo al periódico gratuito que había en la barra.

A en punto, subió las escaleras hasta el segundo y llamó al timbre de la oficina sin necesidad de pararse a confeccionar un gesto amable porque, para variar, lo llevaba puesto. Nadie contestó. Volvió a llamar. Nada.

Se sentó a esperar sorprendido por ser el primero, los trepas y los motivadillos llegaban siempre antes de tiempo.

—Buenos días, Protagonista, ¡qué madrugador! —Apareció la recepcionista.

—Hola, Marian... bueno he llegado pronto hoy; pero ya son y media... ¿ha sido por la avería?

—¿Cómo? Si entramos a y media.

—Los viernes entramos media hora antes.

—Sí, pero hoy es jueves.

—No.

—Sí.

—¡Noooo!

DOMINGO

Obviando el despertar más pesado, consecuencia de haber empapado la noche del sábado para ver hasta dónde podía estirarse sin romperse, aquella mañana de domingo seguía pareciéndole parte coherente del fin de semana, excepto por cierto regusto a tupper recalentado.

Se metió en la ducha para desprenderse de la textura *resacosa* que la cerveza le había dejado en la piel. Había quedado a las 11:00 con Marc en el Retiro. El plan era hacer algo de deporte por allí y lo que surgiera.

Lo que surgió fue una comida en el Minner's que se alargó hasta las 17:00 y a la que se apuntaron Esther y Nathan. El blues de Muddy Waters, la decoración atemporal y las televisiones apagadas acompañaron a un menú en el que no había ni rastro de paella o cualquier ingrediente susceptible de oler a domingo. Nunca lo habían comentado, pero Protagonista sospechaba que precisamente por eso solían poner el broche final a las semanas allí.

Después de una larguísima sobremesa, volvió andando a casa todo lo despacio que pudo. Al entrar, se encontró el desorden que había permanecido casi mudo desde el viernes, que resultó ser jueves, montando un escándalo insoportable.

Tuvo que ponerse a recoger para dejar de oírlo, lo que le llevó a limpiar y, ya que estaba, a planchar un rato. Debajo del caos y la montaña de ropa limpia y arrugada encontró una resbaladiza rampa que terminaba en el lunes y por la que no pudo evitar caerse, por más que se agarró con fuerza a las últimas horas que aún pertenecían a su día libre.

RAIN_DOGS

La lluvia de mayo ponía percusión a la melodía que escupía el acordeón de Tom. Siempre tocaba en la esquina del Rain Dogs. Su aspecto se fundía bien con la decadente imagen que ofrecían los adoquines roídos por los miles de pasos en falso que se habían dado a los pies de aquel local. Entrar en el Rain Dogs no era buena idea. Nunca lo había sido. Quizá precisamente por eso, Protagonista solía dejarse caer por allí. Habitualmente los martes, como era el caso.

Un bofetón de humo recibía a todos los clientes. A Protagonista le gustaba recordar que quedaban sitios en los que te miraban mal al pedir gintonics de colores y en los que las estanterías aún destilaban reflejos ámbar que lo bañaban todo con un aire escocés nada chic. Lugares en los que bohemio no se parece en nada a *hipster*.

El Jazz, los espejos velados, las barajas de cartas, las manchas indelebles, las miradas minuciosamente descuidadas, todo allí estaba cubierto por una fina capa de romanticismo, como polvo invisible cargando el ambiente y difuminando los límites.

Para el tema del romanticismo (y del polvo) también estaba Sophie. Maldita Sophie. Nunca iba buscándola y era siempre lo primero que encontraba. Quizá porque brillaba de forma natural, quizá porque a lo largo de los años había pulido su mirada hambrienta hasta dejarla reluciente. Ella se ganaba el pan deslumbrando conciencias, él no ponía pegas a compartir el suyo; mes sí, mes también.

Le sonó el despertador y amaneció en un día tan normal como cualquier otro, con la única salvedad de un contundente martilleo en la cabeza. Desayunó lo que pudo retener y se tiró de cabeza al ascensor. A las 9:00 estaba en su mesa.

Pasaron dos reuniones y tres revisiones de documentos, cinco minutos con su jefe y veinte con Silvia y, por más que las buscó, las únicas diferencias que encontró entre su elegante despacho de abogados y el Rain Dogs tenían que ver solo con la ropa, la música y el mobiliario.

TESTÍCULO

Dormir cinco días en la misma postura sin posibilidad de girarse había sumado una molesta contractura en la espalda a su dolor de testículo, el izquierdo.

La hinchazón testicular no era una novedad para Protagonista, solía aparecer y desaparecer con relativa frecuencia, pero normalmente se trasladaba simétrica de un hemisferio a otro de su aparato reproductor, proporcionándole un respiro alterno. Esta vez era distinto. Desde hacía unas semanas, la inflamación se había concentrado en el lado zurdo, provocándole un dolor difícil de sobrellevar.

Le costaba un enorme esfuerzo andar y, sentado, podía ver con toda claridad las estrellas, incluso en espacios cerrados. El más leve impacto rebotaba en su tullida masculinidad con la fuerza de diez hombres, así que llegó a la consulta de su médico de cabecera arrastrando los pies. No tuvo que esperar mucho.

—A veces, cuando crees tener algo, puedes llegar a percibir los síntomas; pero es algo psicológico, Protagonista, te aseguro que estás bien —dijo el doctor con gesto serio.

—Yo te aseguro que no. Llevo muchos años viniendo y sabes que no soy de pedir favores para escaquearme. Aunque no pueda verse, mi testículo izquierdo está hinchado y me duele un huevo. En el trabajo han cogido la costumbre de mesarme esa zona sin ninguna delicadeza, no creo que sea buena idea pasar por allí en unos días.

—Lo siento, pero no sería ético darte la baja si no veo nada que la justifique. Puedo recomendarte algún medicamento homeopático, si quieres probar.

Un latigazo de dolor le agachó la cabeza hasta las rodillas.

—¿Te encuentras bien?

—Es el testículo.

—¿Así de repente?

—No, de repente no, me lo estás tocando tú.

—Si es teatro te juro que…

Otro latigazo. Esta vez, Protagonista se lanzó al suelo gritando.

—Te daré la maldita baja mientras te hacen pruebas.

GRIS

Levantó la persiana de su habitación y se hizo de día en su cama deshecha. Todo en su casa era blanco o negro: cortinas, muebles, cuadros, paredes y gato. El otro lado de la ventana mantenía la armonía bitonal de su apartamento. Los colores de su mundo habían ido palideciendo hasta desaparecer, tan poco a poco que ni se había dado cuenta. Había sido un año duro, de los peores en mucho tiempo. Los disgustos habían acentuado su apatía y su particular daltonismo: los blancos habían ennegrecido un tanto y los negros perdían intensidad por momentos. Cada vez era todo más gris, en especial, la gente.

Los últimos resquicios de color se filtraban por las rendijas de algún viernes noche o asomaban en trazos de rutina aún radiantes de amarillo, rojo y azul. Exprimía esos momentos cuanto podía, por si su jugo chorreaba sobre alguna de sus horas en blanco, sus días negros o su rutina polvorienta. Lo conseguía a veces.

Llevaba meses pensando cómo devolver el color a las cosas. Empezó con el piano y se matriculó en un taller de fotografía urbana. Casi funcionó; pero no tenía tiempo suficiente. No avanzaba y acababa frustrándose, lo que permitía al gris ganar terreno. ¿Ponerse en forma? Cuánta motivación levantando hierros y pedaleando en bicis que no van a ninguna parte. El gimnasio no era para él.

—¿Y si te arrimas a alguien que no veas del todo gris? —Zoe pasó un brazo por la espalda de su nuevo novio.

—Ya he probado. Y no, les acabo apagando el color.

—Tío, el problema eres tú, ¿lo sabes, no?

—Sí, claro.

—Pues haz algo para ti mismo, no sé, vete a Tailandia, hazte budista o cómprate un deportivo; lo que todo el mundo, vaya. Será que funciona.

Volvió a casa dando una vuelta. No era tarde para ser sábado y no tenía sueño. De camino, se cruzó con varios grupos de chavales más jóvenes que su hija bebiendo en la calle, también con un par de parejitas parejeando a duras penas sobre bancos y capós. Le ofrecieron parejeo de pega (y de pago) dos veces. ¿Seguro que el problema lo tenía él? Sí, no podía ser de otra manera. A lo mejor la solución pasaba por ser más como el resto. Zoe tenía razón.

No le dio tiempo a apartarse. Un BMW claramente rojo se lo llevó por delante. El semáforo estaba en verde. En el trayecto aéreo a la acera de enfrente dejaron de preocuparle el divorcio y las facturas. Por su cabeza pasaron un remolino de imágenes sin rastro de gris. El ámbar de las sirenas ocupaba toda su atención. Era hipnótico. Le costaba permanecer despierto. Problema resuelto, si salía de esa.

VENDEDORES_DE_HUMO

El despacho era el típico intento fallido de cubrir de modernidad un espacio viejo y rancio, amarilleado por el paso de los años y el eco de cientos de cartones de Winston.

A los muebles oscuros de madera falsa acompañaban ahora una imponente mesa de diseño y el iMac más grande y ostentoso del catálogo de Apple. Las apariencias importan, esto es Marketing —reflexionó—, de hecho, ¿el Marketing es algo más?

—Bienvenido, Protagonista —estrechó su mano con firmeza un tipo alto con un traje gris más ceñido que elegante y una corbata ridículamente estrecha.

Protagonista cruzó la sala y se sentó con toda la naturalidad que pudo reunir, teniendo en cuenta que se ponía americana una vez al año. Si eso.

—Hemos hecho una preselección de currículums y el tuyo es de los que más me ha llamado la atención.

—Muchas gracias.

—Necesitamos a alguien con experiencia en *Online* y en *Offline*, que se desenvuelva bien en entornos de *Social Media* y domine el *Storytelling*. La compañía quiere seguir una estrategia de diferenciación basada en el *Branded Content*, así que el *Wording* es muy importante, no solo a nivel *Keywords*, también en lo referente a *Styling & Atraction*. Queremos a alguien capaz de captar rápidamente el *Look and Feel* de la empresa y condensarlo en las acciones de Marketing.

Era impresionante ver todo lo que el entrevistador se gustaba a sí mismo, si hubiera habido una cámara, al acabar el discursito, se hubiera girado y le hubiera guiñado un ojo; pero para alivio de lectores y escritor, no la había.

En idioma humano, aquello significaba que buscaban a alguien para hacer publicidad en todo tipo de medios y que cuidara lo que dice y cómo lo dice, para que sonara bonito y Google se enterara. Protagonista se tomó un segundo para modular al lenguaje absurdo que se esperaba de él en ese momento.

—Bueno… yo he pasado dos años en agencias de *Marketing Experiencial*, desarrollando piezas dirigidas a ser el primer impacto con el consumidor final —o sea, folletos de mierda, pensó—. También he colaborado en el diseño de planes de *Inbound Marketing* basados en el principio del *Smiling*.

—Ahá, está muy bien; pero me interesa especialmente tu experiencia en *"Selling with a gun"*. Cuéntame un poco.

—Sí, es una tendencia bastante nueva. Funciona muy bien. Es un *Win-Win*, nosotros vendemos y los clientes potenciales conservan la vida. En mi opinión, es especialmente eficaz si se implementa con un enfoque de *Marketing de guerrilla* muy agresivo, en *Humo Worldwide* le dimos una vuelta e incluimos algunas estrategias de *Assholing*.

—¡Vaya!

—Sí, las ventas crecieron tanto como se degradó nuestra integridad. Además desarrollamos mucho nuestra capacidad para darnos aires y poner nombrecitos estúpidos en inglés a cosas de cajón. Fue todo un éxito.

—Eso es justo lo que queremos, ¡contratado!

RESTAURANTE

[Él] Rulo de aguacate con tartar de atún rojo de almadraba picante y puntos de mayonesa de albahaca. Foto. Recorte. Filtro. Otro filtro. Ahora sí —pensó.
"Empezando en #Restaurante #ElSur #foodie #foodporn #atún #tasty #viernes #asísí"

Se le hizo la boca agua al publicar la foto en Instagram y en Facebook. Dejó el móvil al lado de los cubiertos.
—Perdona, ya estoy. ¡Tenía que hacer una foto a esto!
—Sí, tiene muy buena pinta. Un segundo.
[Ella] Flor de tomate con ventresca de atún, aceite verde y crujiente de mar. Foto. Recorte. Filtro. Otro filtro. Este sí —pensó.
—Ya que estamos, yo también hago la foto.

—Claro, no hay prisa.

"Después de dos meses de espera, ¡aquí estamos! #foodie #planazo #porfin #increíble"

[Instagram de él]
Like x3. Comentarios:

Lara_22: Envidia máxima…
Pepe_34: Yo estuve el otro día. Brutal.
Luisa _JC: ¿Dónde estáis?

—Ve empezando, me están preguntando…
—Vale.

@Lara_22 Tenemos que venir todos un día @Pepe_34 Es genial @Luisa_JC en #ElSur, ¡te lo recomiendo!

[Whatsapp de ella]
Grupo — Noche de Chicas
Sandra dice: ¡Miry! ¿Estás en el Sur?
Miry dice: ¡Sí! ¡Por fin!
Sara dice: ¿En qué parte del Sur?
Miry dice: jajaja! ¡En el restaurante El Sur! [Enviar ubicación] [Enviar foto]

—¿Ya lo has probado?

—¿El qué? Ah, sí. Está buenísimo.

—Me alegro.

—Un segundo.

—Claro, tranquila.

[Camarero] Les dejo la cuenta. Espero que hayan disfrutado.

REFUGIO

Su colección de lugares favoritos no era muy extensa, se reducía a un par de libros y tres películas. Todo cabía en uno de los cubículos de esas estanterías baratas de Ikea y le sobraba espacio para una planta que, por alguna razón, tenía la fea costumbre de morirse.

En ese pequeño espacio, almacenaba toda la luz que necesitaba para pasar los días oscuros. En aquellas cinco manoseadas historias había guardado sin querer ni saberlo el calor y la calma de un tiempo más sencillo, más fácil. Eran un refugio.

No importaba si las imágenes ya no le sorprendían o si se sabía de memoria los diálogos, eran una puerta a través de la que se podía reunir con personajes familiares y comprensivos; una descolorida ventana con vistas a buenos momentos.

Había convertido esos viejos relatos en cajones de sastre repletos de retales de vida con los que podía abrigarse cuando el frío apretaba y empezaba a ser insoportable.

ZOOLÓGICO

Adoraba a su madre; pero nunca hizo caso de sus advertencias y consejos por considerar que "tener más años" y "mucha más experiencia" no eran motivos suficientes.

Su atrevimiento y desobediencia le habían costado algún tortazo de niño, un par de expulsiones de adolescente, un cargo privilegiado de joven y montañas de dinero de adulto, marca España. No le había ido tan mal, después de todo. Llevaba una década instalado en la comodidad y la calma que proporcionan una nómina oronda y varias comisiones obscenas al año.

Sin embargo, tendido en el suelo cubierto de paja sucia de aquella especie de celda con cristal en vez de barrotes, no podía quitarse de la cabeza la imagen de su madre blandiendo el índice ante sus narices y recordándole que "todas las rachas terminan" y que "antes se pilla a un mentiroso que a un cojo".

Despojado de todo excepto de su traje preferido, un Hugo Boss azul con raya diplomática que, sospechaba, le habían dejado para hacer escarnio, porque arrugado y mugriento solo acentuaba su aspecto arrastrado y miserable, lo que más echaba de menos era la intimidad.

Muchos eran los que, no contentos con mirarle de reojo al pasar, se quedaban frente al cristal compartiendo refrescos, bocatas y comentarios. Le hacían cientos de fotos al día. Posaban con él. Le ponían enfermo. Todos.

Al menos, las noches eran tranquilas. Apagaban las luces pronto, le deslizaban un plato metálico con carne cruda que poco tenía que ver con un *Steak Tartar*, y se hacía el silencio. Así solía ser, sin embargo, la noche anterior, a eso de las tres de la mañana, se despertó sobresaltado a grito de "no sabéis con quién estáis tratando" y "se os va a caer el pelo". Un tipo calvo y musculoso, inmune a las amenazas (en especial a la última), cruzó el pasillo forcejeando con un sujeto encadenado.

Por lo visto, iba a ocupar una jaula como la de Protagonista al otro lado del pasillo. No sabía de qué, pero le sonaba la cara del recién llegado. Las voces dejaron afónico al nuevo; las patadas al cristal, dolorido; los sollozos, dormido en un rincón.

Apareció un grupo bastante numeroso ante su ventana al mundo. Una mujer alta y joven vestida con ropa de deporte se adelantó y dio la espalda a Protagonista, colocándose frente a los visitantes.

—He querido terminar la visita aquí, frente a la joya de la corona. Aunque lo más costoso del proyecto ha sido la infraestructura, lo más difícil, sin duda alguna, ha sido poder contar con algunos especímenes que considerábamos imprescindibles por coherencia con la idea original: abrir un zoo realmente lógico. Uno en que las jaulas las ocupen quienes, por justicia y sentido común, deben ocuparlas.

El político corrupto, a pesar de ser natural de nuestro país y de que su población no ha parado de crecer en los últimos años, es extraordinariamente difícil de atrapar. Su cara dura repele toda clase de ataques y la piel de todo su cuerpo está protegida por una gruesa capa de burocracia casi imposible de atravesar. Ya tenemos tres ejemplares; pero Protagonista es del que más orgullosos nos sentimos.

ANOCHE

"Y al otro lado de la puerta que utilizamos como trinchera sin pararnos a pensar qué coño estábamos haciendo, redujimos la superficie del mundo a lo que quedaba entre borde y borde de la cama. Establecimos las fronteras y pagamos a voces las aduanas.

Los problemas quedaron relegados a las arrugas de las sábanas y al abismo que dejamos bajo las palabras que nos empeñamos con ahínco en no pronunciar. Suplicamos, quisimos (sin querer) y hasta rezamos al dios que nos había hecho el favor de darle la vuelta al reloj y al techo; pero no hicimos preguntas, por si las respuestas convertían en polvo el castillo que estábamos levantando sobre la luz rayada que proyectaban las persianas.

Polvo debió ser, eso pactamos; pero de polvo solo tuvo la intención. Tuvo más de oración, de pulso ganado al silencio que acabó siendo confortable. Puto amor prestado, por no devolver los latidos a su sitio a tiempo. Y ahora qué".

—¿Anoche al final triunfaste?

—Más o menos.

—¿Cómo que más o menos? Sí o no.

—Sí.

—¡Por fin! Ya tocaba, me alegro hombre. Y esta noche más, hay plan, ¿te apuntas, no?

—Creo que hoy me quedo en casa.

—¿Y eso?

—Las resacas ya me duran más tiempo. Debo estar haciéndome mayor.

LINKEDIN

Llevaba dos años enlazando un trabajo duro y mal pagado con el siguiente: cargar cajas, descargar cajas, poner copas, fregar cacharros, etcétera. Justo en el momento en que su dolor de espalda comenzaba a abrirse paso definitivamente a través del muro de paracetamol y magnesio que había construido para aguantar, se acabó su racha.

En las tres semanas que llevaba en paro, había recorrido cuatro veces Madrid echando currículums. Empezaba a desesperarse, después de toda la vida trabajando a destajo, no sabía cómo usar el tiempo que tanto había reclamado cuando se evaporaba en nubes de sueño entre jornada laboral y jornada laboral.

Vio el anuncio en una parada de autobús en Gaztambide, después de comprar algo fresco para hacer frente a los cuarenta plomizos grados centígrados que aplastaban la capital y a sus habitantes:

"Curso de brujería laboral. Consiga el puesto que siempre ha merecido y nunca le han concedido gracias a este taller impartido por el Coach y Gurú del Marketing personal, Mr. Jagar".

Era gratuito para desempleados inscritos en el INEM, así que allí se presentó, más curioso que interesado. ¿Qué iba a aprender?, ¿a hechizar al entrevistador?, ¿a añadir ceros a la nómina con un juego de manos? Más bien no. Fue a divertirse y a mantenerse ocupado para que los nubarrones de horas libres, más cargados y amenazantes que nunca, no le llovieran encima.

El curso se impartía en el Centro de Innovación BBVA, lo que envolvía el evento con una pátina de seriedad y etiqueta bastante confusa, dada la magnitud de la estupidez. Atravesó la puerta automática de cristal y esperó en el recibidor junto a 19 asistentes que formaban cola para pasar un control de seguridad con detector de metales y todo. Había un patio interior ajardinado en el que varios ejecutivos trajeados fumaban mirando sus teléfonos móviles para no hablar entre sí.

Subió unas escaleras y accedió a una estancia alargada con el suelo recién pulido y las paredes impolutas, como si las acabaran de pintar. Había mesas y sillas dispuestas en dos secciones simétricas entre las que discurría un pasillo que terminaba en una tarima sobre la que el señor Jagar, presente, iba a dar la clase. En cada puesto había una botella de agua mineral, un cuaderno de anillas y dos bolis bic corporativos.

Después de veinticinco minutos de presentaciones, morralla y *postureo*, la cosa se puso interesante.

—Lo que he venido a enseñaros es una forma de ilusionismo muy potente y, a la vez, muy sencilla. ¿Habéis traído vuestros currículums impresos, como os pedí? —la audiencia en pleno asintió.

—Perfecto. Necesito que los rompáis en 4 partes y lancéis los fragmentos al aire gritando con claridad *¡Linkedin!* Para que el truco funcione, debéis visualizaros en un despacho inmenso en lo más alto de la más ostentosa torre de cristal, acariciando a un gatito.

Los obedientes alumnos procedieron. Protagonista también, intercalando una sonora carcajada en la formulación del "hechizo".

—¡Ya está! Ya no sois camareros, ¡sois *Mojito Makers*! Vuestra semana de vacaciones en Londres fue una *inmersión idiomática*. Nunca nadie os despidió, los puestos de trabajo *se os quedaron pequeños*. Los contratos que duraron 3 meses, en realidad duraron 6 ó 10, ¿por qué no? Cocineros, sois *Executive Chefs*. Mecánicos, sois *Senior Mechanical Analyst*. Charlatanes, ¡ahora sois *Coaches*!

POLÍTICA

Iba a ser un día histórico. Después de varios años de turbulencia política, los ánimos empezaban a calmarse y los acuerdos a encontrar tierra fértil para brotar, crecer y dar frutos de algo más que hartazgo.

La derecha y la izquierda debían encontrar la manera de entenderse para generar un sistema equilibrado que pusiera en el centro los intereses del ciudadano. Dejó de intentar dormir a las 4 a.m. Cambió el pijama por la ropa de deporte y salió a correr para despejarse y repasar mentalmente la crucial reunión que tendría lugar unas horas más tarde.

Un miembro del servicio le informó de que el coche oficial había llegado.

—¿Cómo estoy?

—Tiene la camisa arrugada, señor. ¿Pido que se la planchen?

—No, no, esa es la idea, somos de izquierdas, nos preocupamos por los derechos de la gente, no por las arrugas en la ropa, ¿comprendes?

—Claro, señor. Entonces está usted perfecto: presentable, no impecable, tanto en indumentaria como en afeitado.

—Bien, bien.

—Solo una apreciación, si me permite.

—¿Sí?

—En otra ocasión, elija unos vaqueros con la marca menos a la vista, algún agudo periodista podría notar que su pantalón cuesta más que muchos de los trajes que la derecha pasea siempre perfectamente planchados.

—No lo entiendes, es una cuestión de equilibrio.

—Desde luego, señor, yo no entiendo.

Uno de sus escoltas le abrió la puerta trasera del Audi A8 blindado.

—Todo en orden, señor.

Llegaron a la hora exacta. Nada más entrar en la calle, el presidente salió a recibirle, ni le esperó, ni le hizo esperar, un detalle simbólico cuya coordinación había dado mucho trabajo al equipo de ambos partidos. La idea era que ninguno quedara expuesto a la puntualidad o la buena fe del otro. Protagonista se bajó del coche y subió decidido los escalones mientras saludaba a la prensa. "¡Hijos de puta!" —se oyó—. Nadie hizo caso.

La coreografía continuó con un sólido apretón de manos que entregaba a las cámaras el perfil bueno de ambos, por fortuna contrarios.

Cruzaron el portón de arce tallado y compartieron impresiones atmosféricas y preferencias caninas mientras recorrían el pasillo que conducía al despacho principal. Había café recién hecho, leche entera, semidesnatada, desnatada, azúcar blanco, moreno, stevia, aspartamo...

—No sabía cómo lo tomabas, así que...

—Prefiero cerveza, gracias.

—Tú te lo pierdes, me lo traen de Sudamérica, dicen que lo defeca un mono, pero está delicioso.

—En otra ocasión —tomaron posiciones en sendos sillones.

—Bueno, a lo que nos ocupa, lo primero, me alegra que por fin nos sentemos a tratar los temas importantes que afectan a la gente por la que trabajamos.

—Totalmente.

—En mi partido estamos dispuestos a acercar posturas; pero la verdad, no nos parece de recibo pasear al perro en bermudas, por mucho que apriete el calor, la visión de la pelambrera masculina o la piel desnuda y seductora del muslo femenino pueden provocar reacciones indebidas, así como toda clase de problemas en el tráfico.

—Entiendo lo que dices, pero hay un error de concepto. La distinción que haces entre pelambre y piel desnuda parte de una visión sexista. Las mujeres deberían poder lucir sus peludos muslos y los hombres su depilado y sugerente tren inferior en su paseo canino, si así lo desean.

—No es la cuestión relacionar géneros y depilación, sino los efectos del exhibicionismo durante actividades comunes como pasear al can. Por supuesto que estamos de acuerdo en que unos y otras se depilen o no, según su preferencia, pero creemos que es mejor que no divulguen su elección.

—Hay que mostrar los cambios de mentalidad que añaden libertades a la ciudadanía.

—Eso es cierto, sin embargo, creo que hay que establecer límites.

—Límites suena feo, propongo "indicaciones".

—Me parece bien. Verás, tengo un primo que fabrica pantalones pirata, de esos que llegan hasta la rodilla, un término medio; tal vez podríamos…

—Dar alternativas concretas que faciliten la vida al pueblo es necesario.

—¿Qué tal un 10% más fácil?

—¿10 y 10?

—Sí.

—Me parece muy justo. ¿Comunicamos el acuerdo?

—Esta va a ser una etapa de consenso y resultados.

—Cuantiosos resultados.

—Los resultados hacen consenso.

—Siempre.

JAZZ

Una apuesta era una apuesta, así que allí estaban, en un diminuto club con el techo bajo y abovedado de ladrillo visto, sentados frente a uno de los ídolos de Protagonista, el mismo que a Syra aburría hasta el dolor.

—Además de que no sé si va de moderno o de viejuno, no entiendo absolutamente nada de lo que dice y, por más que todos esos le miren con cara de circunstancia mientras vacían la copa —señaló con la cabeza a un grupo de gente barbuda y moderna que asentía en silencio sin apartar la vista del escenario—, apuesto a que ellos tampoco.

—Es probable; pero yo me he jugado una cena a que acabaría gustándote y no pienso perder. Lo que falla es que intentas comprender lo que está contando, céntrate en cómo se mueven las palabras que utiliza. Estamos acostumbrados a frases sencillas con un vocabulario bastante corto, Jazz habla otro idioma, si lo único que intentas es descifrar el mensaje, no tardarás en desesperarte.

—¿No es esa la idea de una conversación? Bueno, en este caso, un monólogo, ¿entenderse?

—No siempre necesitas compartir idioma para decir algo con sentido. A ver... ¿sabes francés?

—No —contestó Syra tajante.

—Pero siempre dices que te encanta cómo suena, más aún, que te pone que te hablen en francés.

—Sí, pero no es lo mismo.

—¿Ah no? No prestas atención al mensaje, lo mismo te da que te reciten el Quijote o que te lean un periódico, te concentras en el sonido de las palabras, en la cadencia.

—Supongo.

—Esto es igual, con el añadido de que, a veces, Jazz dice cosas que ni siquiera él entiende rápidamente. Tómate dos cervezas más y escúchale como si te hablara en francés y, después, me invitas a cenar.

—¿Siempre es así?

—No, al final acabas pillando gran parte de lo que quiere decir. Así se empieza.

ADICCIÓN

De haberse puesto literario, quizá hubiera dicho que navegaba a tientas por una densa laguna de miradas perdidas. El caso es que no tenía energía para sacar el filo poético a las cosas, o sí; pero malamente. Todo lo que se le hubiera ocurrido, hubiera sonado tan pomposo como eso. En cualquier caso, Protagonista no escribía, solo protagonizaba, así que todo bien.

Había ido allí a recibir su dosis, como todos los adictos que se agolpaban en la entrada de aquel local estrecho y mal iluminado. Protagonista había dejado de molestarse en maquillar de algún modo los efectos del mono, pero en aquella habitación había gente con la habilidad de transformar espantapájaros en auténticas bellezas sureñas. Algunos podían parecer capaces de hacer algo más que caminar más o menos recto. Mentirosos. Al tipo que vendía le llamaban "Jefe", siempre con un punto chabacano y despectivo que no le afectaba lo más mínimo.

Tenía cara de llamarse Paco o Pepe, algo común. Nunca se lo había preguntado, con "Jefe" valía. Era bajito, calvo, con la nariz grande y gesto de poca broma. Se movía deprisa, hablaba lo justo y olía regular. Llevaba una camisa que alguna vez fue blanca y ahora solo lo parecía, a juego con su aspecto andrajoso y su pronunciada fragancia natural.

"El Jefe" dispensaba las dosis con mano experta, de dos en dos. Los yonkis controlaban su posición con aparente despreocupación. No había filas ni orden, aunque tampoco concesiones: cuidadito con las prisas.

Llegó el turno de Protagonista, cargó la cuchara, la calentó mientras dulcificaba el mejunje y aspiró fuerte. El olor tostado le abrió los ojos al mundo. Se quemó la lengua, como siempre. Al ir a coger un periódico, se encontró el reloj en la muñeca, llegaba tarde, como era costumbre.

Se arañó la cartera buscando algo que no fueran monedas de 5 o de 10, pagó el cortado y salió pitando del bar Fermín. Podía controlarse perfectamente el resto del día, excepto por lo de mirar compulsivamente el móvil y salir a fumar cada hora, y darle a actualizar al correo y... alguna que otra cosa más. Nada grave. Nada raro. Lo normal.

SILENCIO

*"Se vende silencio
envasado en unidades".*

Disponible en diferentes tamaños, densidades y precios. Medicina contra el ruido e infalible provocador de voces sordas, capaces de retorcer lo simple y amputar el sueño por donde no es, sin ninguna delicadeza o saber hacer.

La alternativa perfecta al frenetismo que consumimos con desesperación para no pararnos a pensar, por su molesta costumbre de irritar la piel y abrir heridas. Especialmente recomendado contra el mal de altura, la presión y las prisas.

Dota al consumidor de gran poder constructivo y/o deconstructivo: según la ocasión y la intención, puede emplearse para romper el hielo o levantar

muros con él. Otorga, además, la increíble capacidad de hablar sin palabras, así como de llenar el
vacío que queda cuando estarse calladito es la mejor opción.

FORENSE

La falta de pulso y de reacción visible al apoyar su espalda desnuda contra la mesa de acero no dejaban lugar a dudas: aquel tipo estaba muerto. La causa estaba tan clara como la consecuencia: un golpe en mal sitio, desde un octavo. Por si a alguien le quedaban dudas, el paciente (pacientísimo ya) había dejado una nota de despedida. La hermana del difunto quería saber más. Nunca pensó que fuera capaz, él no era así, patatín, patatán. Ella era la razón por la que habían llamado a Protagonista, un forense singular.

Sus diagnósticos no explicaban cómo alguien acababa boca arriba en su despacho haciéndole silenciosa compañía. Su búsqueda era más compleja, más abstracta: analizaba cómo alguien muerto había ido muriendo mientras seguía perfectamente vivo.

En su campo de trabajo, los suicidios eran especialmente interesantes, así que además del respeto que la serenidad y el aplomo de todos sus pacientes le infundía, Fulanito de Tal, como le presentaba la etiqueta del pulgar de su pie, le despertaba una curiosidad emocionante.

Extrajo con delicadeza la *Ilusión* de Fulanito, su avanzado estado de putrefacción indicaba que había dejado de funcionar hacía ya tiempo, con toda seguridad, desatando una reacción en cadena que terminó por dejar volar su imaginación más allá de la ventana y el mundo terrenal, con él detrás. Dos cicatrices indicaban el intento fallido de reparación del órgano en un par de ocasiones.

Las observó con detenimiento en el microscopio. En la primera, pudo distinguir varias imágenes de un viaje a Italia en el que no había encontrado lo que buscaba, probablemente a sí mismo. En la otra, distinguió la huella de un rostro moreno y simétrico con unos bonitos ojos grises, de nombre Sandra. El trazo de la costura era tosco e irregular y mostraba el remiendo inseguro de una mano inexperta.

La *Seguridad en Sí Mismo* había decrecido para dejar espacio a un conglomerado de complejos que oprimían algunas vértebras, afectando a la postura y mermando la estatura de Fulanito.

La última pista la encontró en el *Ánimo*, que desprendía un olor ácido y pestilente, tan penetrante que Protagonista tuvo que contener una arcada. Según su experiencia, lo más nocivo de las enfermedades del *Ánimo* era su potencial contagioso, que daba lugar casi siempre a una forzada cuarentena que debilitaba más si cabe a quienes las sufrían. Pensó en Bertha, una buena amiga suya y de su mujer que sufría del *Ánimo*, un efecto secundario del tratamiento de un mal mayor. Ya estaban trabajando en ello: cenas los jueves, cine los viernes y lo que surgía los sábados.

Recogió todo, limpió y esterilizó los instrumentos, tomó notas en su cuaderno de apuntes, redactó su informe y lo envió. Salió del hospital con tiempo para pasar por casa, darse una ducha y llegar sin problema al Boothill, donde había quedado para cenar.

—Hasta mañana, Protagonista.

—Hasta mañana, Greg.

VETE

Le habían invitado a ir en varias ocasiones; pero nunca le había llamado la atención. Sin embargo, la insistencia de unos y otras en el último mes le había llevado a replantearse las ganas.

Después de una larga y silenciosa noche de insomnio y, vencido el escrúpulo inicial, empezó a seducirle la idea de perderse en una zona que, por alejada y ajena al mundo, debía resultar tranquila. Un buen lugar para desconectar y cambiar de aires.

Había múltiples formas de llegar; pero todas coincidían en la cuestión logística previa: un martillo era, si no imprescindible, sí muy recomendable (sustituible por un objeto romo y contundente cualquiera). El tema de la gasolina y el fuego estaba indicado solo para los más temerarios, atendiendo siempre a la cuestión vecinal y a la supervivencia ajena que, de descuidarse, podían sustituir el viaje por una indeterminada estancia en la trena.

Se decantó por el martillo. Aquel kit de herramientas que le había regalado su suegro la pasada navidad con todo el recochineo del mundo por fin iba a servirle para algo.

Se colocó en la entrada y recorrió el apartamento repartiendo bricolaje a diestro y siniestro, contra todo lo susceptible de reventar, astillarse, doblarse, partirse o descuajaringarse de algún modo. Cubrió en un momento el orden germánico que Martha sembraba en casa con una manta de cristales, aglomerado y añicos de colores.

No le importaría mucho, como había dejado bien claro durante la cena, a él y a todo portador de orejas en un kilómetro a la redonda, no pensaba volver. Antes del portazo final, le recomendó con el mismo ímpetu la visita al mencionado lugar. Protagonista, obediente, había acabado aceptando embarcarse en lo que parecía una especie de peregrinación para encajar la ruptura (¡ja!).

Hincó el martillo en la pared que había alisado el verano anterior para indicar el punto y final de la preparación que requería la escapada. Cargó la enorme maleta azul que había comprado hacía años "para ver mundo" y que, por unas cosas y por otras, estaba como nueva, y salió de casa rumbo al metro.

El énfasis en la parte destructiva no le dejó tiempo para pensar en detalles sin importancia como evitar la hora punta. Así que su maleta y él encajaron lo mejor que pudieron entre la gente que iba a trabajar y sus codazos sin querer.

Al hacer transbordo en la línea 8, el tráfico humano se aligeró. Se bajó en Barajas. De no haber lanzado alegremente su móvil por el balcón antes de dar rienda suelta a su nueva afición por las herramientas, hubiera comprado su billete a través de la aplicación de Skyscanner. También podría haber usado el ordenador; pero cuando lo pensó, de él solo quedaba un marco lisiado sobre una bañera de trizas y circuitos.

Se acercó al primer mostrador que encontró.

—Buenos días, quería un billete para La Mierda.

—Muy bien, déjeme ver… Hay un vuelo en 1 hora, pero parece que está completo. Un segundo.

—Sí, tranquila.

Una mujer asiática se había colocado detrás de él y disimulaba con dificultad una media sonrisa rebuscando en un bolso de mano.

—La Mierda está de moda, hay mucha demanda, además casi todo son reservas de última hora.

—Me lo imagino.

—Mire, quedan dos asientos libres en el vuelo de las 10, ¿quiere uno?

—Sí, por favor.

Después de pasar los controles de turno, buscó la puerta D35. Al parecer, no era el único madrugador, la zona de espera estaba colmada de gente muy variopinta: Un hombre trajeado que, a todas luces, se había decantado por la alternativa inflamable, tres mujeres de mediana edad que, por la alegría que desprendían, bien podían irse a La Mierda o a un 5 estrellas en Hawai, su jefe…

Se paró en seco y el ramalazo de angustia inicial dio paso a un escalofrío de placer inmenso.

—¿Cómo tú por aquí, Antonio?

—Ya ves, no podía soportar que siguieran mandándome a La Mierda a hurtadillas, así que al final, me he decidido. ¿Y tú?

—Cosas que pasan.

Buscó un asiento y se puso cómodo para una larga espera mientras se preguntaba si sería posible que aquel avión llevara a cada pasajero a una Mierda diferente, para no coincidir con viejos conocidos.

DESPEDIDA_I

Bertha era una de esas pocas personas capaces de reír a carcajadas con la mirada. De su imagen arrugando divertida las comisuras de los ojos brotaba la luz que bañaba su recuerdo de los años de facultad. Una luz dorada y vaporosa que suavizaba las sombras y destacaba el lado amable de todo y todos.

Ella era el único motivo por el que había ido a la reunión anual de sus compañeros de promoción. Las últimas veces habían consistido en una patética competición por ver quién tenía el puesto, el coche y la casa más grandes.

Se encontró con Alejo y Fris en la puerta de La Máquina, el restaurante que habían elegido esta vez. Saltaba a la vista que llevaban un buen rato calentando en los bares de Ponzano y que acabarían como todos los años, para airear sus matrimonios perfectos con hijos perfectos.

Pasaron diez largos minutos de conversación de ascensor hasta que apareció Bertha. Ya sabía lo del cáncer, así que encajó con entereza su aspecto: cabeza desnuda, pómulos afilados y la expresión cansada que acompaña a quienes combaten la enfermedad con una mano y los efectos de la cura con la otra. Le costó bastante más fingir normalidad ante la mirada risueña que había dejado de serlo. Su apariencia frágil desprendía aplomo, en un sentido penoso, de peso soportado, y madurez, seguramente infligida por la entrega a una lucha incierta por la vida que cubría por completo la preciosa pincelada de niñez que había sobrevivido a su infancia.

—Cuánto tiempo, Protagonista. He venido sobre todo para verte a ti.

—Lo mismo digo, en realidad ya no tengo mucho trato con esta gente.

Bertha saludó a Alejo y a Fris, miró alrededor y recuperó por un segundo el gesto juguetón que antes regalaba con cualquier excusa.

—¿Nos vamos de aquí?

—Por favor.

Cogieron el primer taxi que pasó y fueron a Moncloa, un entorno mucho más familiar y adecuado para encuentros universitarios, desde su punto de vista. Nadie les llamó para preguntar si pensaban volver. Casi no se atrevieron a decir nada en el trayecto, dejaron que el taxista les contara su vida y que Luis Fonsi cantara basura en la radio. Caminaron hasta el bar de siempre por instinto.

—¿Cómo llevas el...?

—¿Cáncer? Jodida, pero bien.

—Si lo hubiera sabido antes...

—Está bien así, Protagonista. No me apetece oír disculpas, solo quiero volver a los veinte contigo un rato, ¿te parece?

El recuerdo de las aburridas clases de Documentalismo y aquel particular profesor de Deontología Jurídica, asignatura que, contra todo pronóstico, fue de las más interesantes de cuarto, les quitaron diez años de encima. Todo volvió a ser extraordinariamente normal, natural, y las horas pasaron volando, como entonces.

—¿Sabes? Pudo ser.

—Pudo ser; pero no fue.

—Lo he estado pensando mucho. Me apetecía verte, pero sobre todo he hecho el esfuerzo de venir para que lo supieras, no quería guardármelo, por si las cosas no salen bien.

—Todo irá bien.

—Eso me dijiste la última vez que estuvimos aquí, después de un examen horrible que, por cierto, suspendí.

—Pues eso, me lo debe el Karma.

—Me parece que el Karma no te debe nada, Protagonista, cosa de la que me alegro, por cierto.

—Pero a ti sí.

—Por lo visto yo vivo al margen del Karma, debería haberlo aprovechado alguna vez. Contigo a lo mejor. No supe.

—¿Qué tal te va con Juan? —dijo Protagonista cambiando de un tema peliagudo a otro.

—Mal. Es un cielo; pero la cosa no funciona desde hace años. Seguimos juntos porque nos llevamos bien, y por Clara. Con todo, me siento culpable por decirte que me hubiera gustado algo contigo hace diez años. En fin. Vámonos a casa.

—Nunca es tarde —contestó Protagonista.

—Díselo a alguien que se lo crea; pero, oye, puede que cuando seamos mayores —intentó sin éxito una sonrisa irónica.

Protagonista acompañó a Bertha hasta la puerta de su casa. Lo último que le dijo fue: "recuérdame que te devuelva el libro que me dejaste hace cinco años". Menuda forma de despedirse para siempre.

DESPEDIDA_II

Los lugares nos hablan de nosotros mismos, de lo que fuimos en ellos, de lo que ha cambiado en nosotros ahora que ya no pasamos por ellos, ni ellos por nosotros.

Acababa de comprar el piso que sus padres le alquilaban cuando era estudiante. Aquellas cuatro paredes tenían mucho que decirle: para empezar, que estaba más gordo y calvo que la última vez. Para seguir, que parecía haber encogido, ya no sacaba pecho con la naturalidad de antes, tenía que forzar la pose, además se había dejado la grandeza de aspirar a todo en alguna parte.

Cuando llamaron al timbre, llevaba media hora manteniendo una pelea inmóvil con el nuevo suelo de parquet, por el momento, la batalla quedaría en tablas. Le traían el sofá y un puñado de proyectos de mueble. Había reprimido el impulso de decorar la casa como entonces.

Fue tragándose todos los recuerdos mientras montaba estanterías y desarmaba cajas de cartón. Creyó mejor empacharse de nostalgia al principio, para perderle el gusto y poder avanzar. Durmió sobre el colchón aún sin desembalar, mejor que en meses.

Madrid estaba como siempre; pero a Protagonista le parecía más fea. Había pasado algunos de sus mejores años allí y, sin querer, recriminaba a la ciudad no haberle devuelto un trozo de aquella felicidad al volver. Miraba a su alrededor como un niño enfurruñado al que todo le parece mal.

Se acercó al cementerio de La Almudena. Se hizo polvo (otra vez) ante el mármol reluciente del nicho de Bertha. La imagen de su padre al pie de la tumba consolando a amigos y familiares le pondría los pelos de punta el resto de su vida; pero, por algún motivo, pasarse a menudo por aquel descampado estéril que acurrucaba cada día a nuevos hijos le ayudaba. Después de tanta lucha —se decía—, se acabó. Estuviera donde estuviese, podría descansar y regalar colores vivos a todos los muertos. La echaba muchísimo de menos, aunque en los últimos diez años se hubieran visto contadas veces, sabía que estaba ahí, a cientos de kilómetros; ya no.

Después del entierro había vuelto a Barcelona solo para organizar la mudanza y poner las cuentas en orden. Dejaba la asesoría financiera, las jornadas infinitas y los 100 000 al año, para qué. No tenía otro plan que encontrarse a sí mismo. Por eso Madrid, por si tropezaba con algún pedazo suyo que le indicara un norte.

Fue un invierno difícil. Había olvidado lo autodestructivo que podía llegar a ser estando solo y teniendo tiempo. Llegó a pensar que había elegido la vida que llevaba para no tener que convivir consigo mismo. Pasó muchas tardes sentado en el salón de su casa sin saber muy bien qué hacer. Acabó impartiendo clases de excel en una academia universitaria, no necesitaba el dinero, pero sí una pizca de rutina, una constante, algo.

Era jueves. Acababa de terminar una lección sobre fórmulas avanzadas a la que solo habían acudido tres chavales. Tenía ganas de llegar a casa.

—¿Protagonista? —una voz rubia con pelo a juego entró en el aula.

—El mismo. Dime.

Aquella mujer logró que los meses fríos lo fueran algo menos. No le ayudó a encontrar el norte; pero le dejó bien claro por dónde quedaba el sur. Fue breve. Terminó bien. Aceptó más horas de clase y, poco a poco, la normalidad fue deslizándose bajo la puerta. Un matrimonio fallido, dos hijas y veinte inviernos después, el cáncer voló por los aires la normalidad y la puerta.

Volvió a visitar a Bertha. Le juró que aún les faltaban muchos años echándose de menos. Le recordó a la piedra ya casi mate sus conversaciones tontas sobre el Karma y las noches haciendo carrera en Moncloa.

—Pudo ser; pero no fue. Me pregunto cómo nos hubiera ido. Ojalá no nos hubiéramos convencido de que el tiempo diría. El tiempo no dice una mierda si no se le empuja.

RABIA

Su olor la precedía siempre, entretejido al principio en la brisa y en el perfume corriente de la normalidad, acababa abriéndose camino con violencia, cargando el ambiente e inundándolo todo con su característico aroma áspero y rojizo.

Era grande, fea y fuerte, y caminaba a grandes zancadas, apretando las mandíbulas. En sus ojos vivía el fulgor de una llama en duermevela, deliberadamente a la intemperie, en la zona más expuesta al viento. Cualquier soplo de aire entendido como una provocación la hacía prender.

Su timidez era lo primero en arder, reventaba en mil pedazos esparciendo metralla sin puntería ni criterio. Se consumía deprisa y huía en la dirección opuesta al desastre, deshaciéndose en jirones y ceniza.

CALMA

Su andar ligero la conducía flotando por el mundo. Pasaba por encima de losas de hormigón armado con el peso de prisas y problemas como si fueran de algodón.

Su sonrisa y su gesto descansado rezumaban seguridad y el rumor de una musiquilla que sonaba a "ya pasó, todo va a ir bien". Siempre tenía las manos calientes y una respuesta en la boca para cualquier pregunta, por difícil que fuera, a menudo imprecisa; pero invariablemente suficiente para disipar los interrogantes.

Hablaba despacio, sabía escuchar y aligeraba la tensión de los silencios como si no costara trabajo. Repelía las estridencias, los sobresaltos, y desprendía la firmeza amable de quien ha vivido mucho y no alardea de nada.

Protagonista la echaba de menos. Solía perderse por ahí a ratos, pero acababa volviendo para extinguir el caos que traía su ausencia. Esta vez estaba tardando, pero confiaba en que reapareciera al girar cualquier semana.

¿CÓMO_ERA_ESTO?

Su memoria flaqueaba desde septiembre. Sería por el estrés, o quizá por el cansancio acumulado; nada grave, una bolsa en Carrefour, una palabra sencilla que no se bajaba de la punta de su lengua, cosas así. Sin embargo, al borde de la escalera que había subido hacía quince minutos para ir al despacho del señor White, el problemilla empezó a preocuparle: había olvidado cómo bajar escalones.

Le acarició la espalda un vértigo estúpido dada la corta distancia entre el piso dos y la entreplanta en que giraba la escalera. Estúpido para cualquiera con el mecanismo de descenso claro, muy lógico para quien, habiéndolo olvidado, intuye que la nuca y las costillas son una inconsciente alternativa a los pies.

—¿Se encuentra bien? —preguntó una chica joven con toda la pinta de trabajar ahí.

—Sí, solo estoy algo mareado. Creo que voy a coger el ascensor.

—Me temo que lo están revisando, esta mañana nos toca a todos hacer ejercicio —le sonrió cómplice—. ¿Quiere que le ayude?

—Estoy bien, creo que bastará con un vaso de agua, ¿dónde puedo...?

—Venga conmigo.

La mujer empezó a bajar la escalera. No puede ser posible —pensó Protagonista.

—¿No hay un baño en esta planta? De pronto tengo un dolor bastante fuerte en esta pierna —dijo señalándose el brazo.

La chica arqueó una ceja valorando facialmente si Protagonista le estaba tomando el pelo o si debía preocuparse.

—¿Todo bien por aquí? —apareció el señor White, la situación se le estaba yendo de las manos.

Solo se le ocurrió una forma de salir del paso sin estropear la buena impresión que creía haber causado en la entrevista: el golpe sordo de sus 80 kilos contra el suelo no fue sordo en absoluto. No le salió fingir un desmayo menos fulminante, más de señora mayor, pero seguro que el porrazo contra el suelo fue dulce y delicado en comparación con una paliza de escalones, y no podía perder la oportunidad por un contratiempo tan tonto, necesitaba ese trabajo.

Mientras le atendían, recordó cómo alternar los pies para salir del edificio con cierta dignidad, desde luego mucha más que encaramado a la espalda del señor White como un mono asustado a un platanero.

A los dos días, le llamaron para confirmarle que el puesto era suyo y preguntarle cómo se encontraba. Resultó que el incidente había convertido su visita en memorable, toda una ventaja teniendo en cuenta la ristra de candidatos que optaban al empleo, muchos de ellos más preparados que él, pero cuyo dominio de la técnica de ascenso y descenso jugó en su contra al volverles demasiado parecidos entre sí.

SENCILLO

A pesar de estar amarrado en mitad de una calle peatonal y a salvo de la erosión del viento y las olas, aquel bar parecía el interior de un viejo barco escocés. Quizá porque la madera de la barra y las mesas había envejecido al compás de quienes iban y venían del mar contando sus historias en torno a pintas de rubia y negra. O, tal vez, simplemente porque aquel pueblo marinero teñía de sal y tormenta cada espacio que albergaba.

Protagonista había llegado allí por casualidad. Recorría las Highlands fotografiando lugares de interés para ilustrar una guía turística que se publicaría en unos meses. Después de muchas millas al volante, había decidido tomarse un descanso.

Pasaba las tardes a la luz de las velas izadas que coloreaban la estancia principal de aquel raro Bed &

Breakfast, envuelto en las novelas de Hemingway, que se apilaban en la repisa de la chimenea, a disposición de los clientes.

No pasaba nada en aquel lugar. Nada rompía la atmósfera pacífica y tenue, ni elevaba la media voz con que los lugareños compartían libros, música los jueves por la noche y bebida el resto de días; pero sobre todo los jueves por la noche. Bajo tanta calma parecía haber mucho que contar, no sabía decir por qué, Protagonista lo intuía, instinto de reportero acomodado a lo mejor. Aprovechó uno de los cruces de miradas que se habían ido cargando de ganas desde que llegó para invitar a la camarera a sentarse.

—Eres el fotógrafo, ¿verdad?

—Sí, ¿cómo sabes…?

—Pocos se quedan días en este pueblo. La gente no puede evitar fijarse en quienes lo hacen, ni comentarlo.

—Hago fotos para una editorial que publica guías turísticas; pero acabo de empezar un proyecto personal. Ahora mismo, de hecho. Contigo.

—¿Ah sí?

—Fotografío a gente y cuento su historia en unas líneas, si te parece bien.

—Creo que yo no voy a servirte, no tengo mucho que contar. Nací aquí, mi padre era pescador, a mi madre se le daba bien coser, a los 17 me contrató Francis. Veo mundo a través de la gente que viene y va, de vez en cuando me voy una semana con Shay. Poco más.

—¿Y qué te gustaría hacer?

—Me gusta esto.

—¿Nunca has querido algo más?

—Sí, hasta que me di cuenta de que lo que mueve a la mayoría de los que pasan por aquí son las ganas de irse de donde están… y a los pocos días les molestan el frío, la lluvia, las garrapatas y el ritmo de las Highlands. Lo que yo quiero es sencillo y ya lo tengo. ¿Y tú, qué quieres?

INSTRUCCIONES_PARA
HACER_LO_QUE_QUIERA

Paso 1.— Encuentre lo que sea que quiere hacer y procure, por favor, que sea algo que haga medianamente bien.

Paso 2.— Empiece a alternar lo que quiere hacer con lo que no quiere, pero debe hacer.

En un primer momento, la escasez de energía y el humor áspero que todo aquello que debe, pero no quiere hacer, le causan, convertirán la actividad en una molestia genital, en cualquier caso, usted hace muchas cosas que le provocan dolencias de este tipo (ver el relato "Testículo"), así que hágalo.

Paso 3.— Repita el paso 2 hasta que la dolorosa inflamación en su zona íntima cese y descubra que sobrelleva mejor los días debido al efecto estimulante que le produce la idea de llegar a casa y dedicarse a hacer lo que quiere hacer.

Paso 4.— Repita el paso 2 hasta que su quehacer diario empiece a parecerle una tremenda, pero necesaria pérdida de tiempo.

Paso 5.— Discuta un poco con los que nunca encontraron algo que querían hacer o no se atrevieron a hacerlo. Deje que le hablen de proyección profesional, de estabilidad y de futuro. Preocúpese, porque tienen tanta razón como usted.

Paso 6.— Deje de hacer lo que debe hacer y dedíquese únicamente a lo que quiere hacer.

Paso 7.— A medida que su nevera y su cuenta bancaria mengüen, dedique más y más horas a hacer lo que quiere hacer. Recuerde comer y dormir.

Paso 8.— Convierta lo que quiere hacer en lo que debe hacer.

Paso 9.— Rece a Dios, Thor o la figura celestial que tenga más a mano o le resulte de mayor utilidad y/o consuelo.

Paso 10.— Mantenga a raya a los demonios que le susurrarán por la noche que se equivoca, que no tiene talento suficiente y que no tiene sentido dejar de hacer lo que debe hacer para hacer lo que quiere hacer a costa de convertir lo que quiere hacer en lo que debe hacer.

Paso 11.— Mire a ver qué pasa (y, por favor, cuéntenoslo).

PAREDES_DESNUDAS

Encajaba la desnudez sin titubeos, ni el frío ni la vergüenza le habían arrancado nunca un solo temblor. En su piel vieja, pero aún tersa, no quedaba espacio para el pudor.

Mostraba con indiferencia grietas y cicatrices de juegos pasados, tatuajes mal borrados y la sombra que legaron los años al refugio de escudos de cristal y papel; defensas que, al caer rendidas, dejaron diminutos agujeros abiertos de par en par a través de los que aún podían verse pinceladas de vidas contiguas, así como el reflejo y el recuerdo de viejas batallas, algunas festivas, otras no tanto.

Después de tanto tiempo, seguía respondiendo con silencio a las conversaciones ajenas, con entereza a los portazos y con dureza a los puños rabiosos. Seguía empotrando en su pecho olores y luces,

y guardándolos invisibles para enmarcar las historias de gente nueva: las intimidades de siempre en
caras diferentes.

OKEASE

Con las prisas, estuvo a punto de entrar en el edificio con el casco de la moto puesto. Si los alemanes tienen fama de rígidos con los horarios es porque los suecos son más discretos, o a lo mejor es cosa de los españoles, que le hemos ido quitando importancia a la puntualidad a golpe de paella, siesta y "olé, olé". Ya le habían dado un toque de atención por llegar tarde y le parecía inteligente estar en su puesto a su hora el día que tocaba hablar de su renovación como diseñador industrial en Ikea.

Llevaba dos años desarrollando planos e instrucciones de montaje de los muebles que sus compañeros con más experiencia diseñaban. Era un coñazo, pero sabía que tenía que pasar por ahí.

Nada más sentarse, apareció Strongövirj, el guiri al mando; un hombre de mediana edad, más o menos simpático, muy correcto e invariablemente tranquilo, excepto aquel día que recibió una soberana bronca colmada de consonantes por Skype, que luego trasladó a los empleados amenazando sin decirlo con fustigarles a todos con las hinchadas venas de su cuello. El problema vino por un aluvión de quejas en relación al montaje del caballete modelo *Lerberg*: "¿Cómo habéis podido complicar algo tan sencillo? ¡Diantre!" Sí, "diantre", el profesor de español de Strongövirj no estaba muy actualizado en materia de maldiciones, o era un bromista.

Su despacho, como cabía esperar, parecía una de las habitaciones de muestra de cualquier Ikea, solo faltaban las etiquetas. Todo muy minimalista y nórdico, el único toque humano del espacio provenía de unos cuadros de las que parecían ser sus hijas y de un par de bonsáis que parecían no ser de plástico.

—Bueno, Protagonista, como sabrás, hoy es el último día de tuyo contrato. Tenemos que hablar de eso.

—Sí.

—He hecho lo que he podido, creo que trabajas muy bueno; pero el asunto del caballete *Lerberg* aún tiene efecto sobre yo. Tengo que consultar todas decisiones importantes y mis superiores creen que podemos hacer el mismo trabajo con menos gente.

—¿Ah sí? Eso es porque no se han dado un paseo por aquí, no salimos nunca a la hora, estamos desbordados.

—Ya lo sé, pero ellos opinan distinto. Lo siento, Protagonista, hoy es tu último día en Ikea. Si quieres uno recomendación, la escribiré encantador.

—Putos esclavistas —pensó en alto.

—¿Cómo dices?

—Nada, nada. Agradecería la recomendación. En fin, voy a terminar lo que estaba haciendo y me pongo a recoger —dijo levantándose y aceptando la mano que le tendía su jefe.

—Lo siento de verdad.

Nadie tuvo que preguntarle para saber cómo había ido la cosa, la patada que le dedicó a la primera mesa *Lack* que encontró en su camino y que disimuló sin mucho esmero como un tropiezo, informaron a todo el mundo. Strongövirj se hizo el sueco, un detalle por su parte. Protagonista volvió a su sitio y, mientras terminaba de revisar unos planos, se le ocurrió una idea para despedirse por todo lo alto.

Los superventas de la compañía iban a relanzarse con modificaciones la semana siguiente, él había pasado las dos últimas semanas viviendo en IKEA, como casi todo el mundo en mayor o menor medida, solo que trabajando sin descanso para asegurarse de que todo estuviera a punto para el estreno. Esa tarde se imprimirían miles y miles de ejemplares de las instrucciones y empezarían a empaquetar piezas.

Accedió al archivo e introdujo un par de pequeñas modificaciones, nada demasiado llamativo, pero que, según sus cálculos, dejaría inservibles los muebles al montarlos: el tornillo A por el tornillo C, y el paso 4 antes que el 2, poco más. Exportó y reemplazó el documento original. Hacer aquello mejoró ostensiblemente su humor, calcular el finiquito que le correspondía, también. Después de todo, quizá era buen momento para montar su propia empresa, tenía cientos de diseños en el ordenador de casa, en principio ideas para entrar por la puerta grande en el departamento al que le acababan de denegar el acceso. Pero lo primero: vacaciones.

Eligió Cuba, para perderse en el sol y en la mentalidad caribeña y ponerle ritmo al *nordicismo* que se había ido apoderando de su carácter en los últimos tiempos. Le costó mucho menos de lo que había previsto diluir sus preocupaciones y esa mezcla amarga de desilusión, enfado y dudas en el agua cristalina y los mojitos turbios de Varadero. Las horas compartidas con Lara, que se había apuntado sin dudar un solo momento, también ayudaron bastante.

Tras unos días, la idea de abrir su propio negocio de muebles comenzó a tomar fuerza. Imaginar el funcionamiento, pensar en la imagen corporativa y prever posibles inconvenientes le mantenía despierto hasta muy tarde. Después de muchas vueltas, acababa quedándose dormido.

Lara le sugirió OKEASE como nombre, algo con K y EA para asociarlo al concepto de mueble sencillo y de bajo coste de la empresa de la que acababa de salir, pero con un aire más informal, más divertido. Primero se lo tomó a broma, pero no encontró nada mejor y era pegadizo, así que, de forma provisional, le servía.

La primera noche que decidieron no salir, movió cielo y tierra para conectarse a internet y registrar el dominio web *okease.com*. Hacer ese tipo de gestiones en la zona en la que estaban no era nada sencillo, Varadero rebosaba naturaleza salvaje, pero no Wifi. Acabada la compra y contratado el *hosting*, se paseó por los periódicos virtuales españoles, por si había pasado algo interesante en el tiempo que llevaban fuera. Todo el color de Cuba abandonó su cara cuando empezó a ver titulares:

"El incomprensible error que hará perder cientos de miles de euros a Ikea".

"Un ingeniero vasco pierde los estribos al poner una reclamación en el Ikea de Barakaldo".

—¡No me jodas! —tenía que revisar su capacidad para pensar en voz baja.

—¿Qué pasa? —Lara, que acababa de salir de la ducha, se le acercó entre preocupada y curiosa. Le quitó el iPad.

Encadenó el *jet lag* con jornadas de 16 horas, pero a los 3 días de poner un pie en Madrid, tenía la web de OKEASE montada y la tienda online funcionando. Ignoró el mail repleto de consonantes y venas hinchadas de Strongövirj y buscó proveedores.

A la semana, estaba atendiendo pedidos; al mes, buscando oficina; dos años después, en el hotel más caro de Cuba, disfrutando de sus primeras vacaciones ignorando por completo precios y fecha de vuelta.

FELIZ

De algún modo, lo fugaz se volvió duradero y lo que iba a ser para siempre duró cinco ratos. Aprendió por las malas que hay ojos que dejan cicatrices donde las uñas, por más que escarben, no dejan huella.

En algún punto, se abandonó al descontrol y devolvió una sonrisa al desconcierto. Fue libre en la *desrazón* y aceptó que lo irracional sabe mucho mejor cuando no se mastica, así que comenzó a engullir cada momento sin dejar que se enfriara, abrasándose muchas veces.

Terminó gordo, a pesar de los cincuenta y pico kilos en que le dejaron los últimos años, grande a pesar de haber menguado un tanto, feliz, a pesar del drama de perder lo que empezó fugaz y terminó no siéndolo, y tranquilo, a pesar de la muerte.

ANDÉN

Eran las 7:30 de un día cualquiera de octubre. No solo se había despertado ya, sino que llevaba un buen rato en el andén. No sabía para qué, no le esperaban en ninguna parte. A Protagonista se le daba mejor trasnochar que madrugar, sin embargo, en las últimas semanas le ganaba la carrera al despertador, que parecía haber perdido la mágica habilidad de interrumpir su sueño en el momento menos oportuno.

Estaba embobado mirando el contraluz que se producía en un punto de la estación de Atocha. La suya era solo una más entre los cientos de miradas perdidas que convivían a la intemperie de aquella mañana sin luz, aún más noche que mañana.

Tenía la mente en blanco o, más bien, repleta de pensamientos sin forma revoloteando demasiado deprisa como para concretarse en algo descriptible.

—Es raro, ¿verdad?

—¿El qué? —tardó en entender que le hablaban a él.

—Ver cómo todo el mundo corre cuando tú no tienes ninguna prisa.

—Supongo que sí —dijo intentando no ser antipático; pero sin dar pie a que aquello acabara en la manida conversación sobre la crisis.

En ese momento, llegó el tren y el método chino de envasado al vacío se impuso sobre el sistema tradicional de transporte público, en gran medida, gracias a la inestimable colaboración de todos aquellos que pensaron que cinco minutos más en la cama no iban a hacerles llegar tarde. Tras unos segundos, la estación se quedó muda y quieta. Ninguno de los dos se había movido del asiento.

Ambos se giraron y hubo un momento tenso de silencio. La mujer, de unos veinticinco, alta, rubia y de ojos claros, le sonrió divertida.

—Puedes ponerme cualquier excusa, excepto que tienes una reunión o llegas tarde a alguna parte.

—Te invito a un café.

DINERO

Se fue dejando. Ya no era uno de esos billetes finos que viajan en sobres de despacho en despacho, siempre intactos. Al principio estaba terso y limpio, con su valor reluciente y las puntas rectas. Le sentó mal la estancia en un par de carteras harapientas.

La cosa mejoró cuando ingresó en *La Liga* de Sophie, a la que un tipo sudoroso le matriculó en aquel garito, el Rain Dogs. Se enrolló por ella y le empolvó la nariz más de una vez; a sus amigas también.

Su aspecto se había degradado, pero aún causaba sensación. Conocía gente, veía mundo, ni tan mal. Su mente plana no dejaba espacio a preguntas existenciales o grandes aspiraciones. Los demás aspiraban a él (y a través de él), le iba bien así.

Todo cambió cuando, tirado en una mesa baja de salón, escuchó a la reportera del telediario cerrar su sección diciendo: "¿Son los hombres los dueños del dinero o es el dinero el dueño de los hombres?"

Ojo. Le dio que pensar. Siempre había estado a merced de unos y otros, no había tenido queja; pero sonaba bien eso de manejar el cotarro: dormir en billeteras de cuero grueso y nuevo pagando en personas, o simplemente elegir dónde estar y con quién, ¿por qué no?

Empezó a susurrar algunas ideas a sus dueños: "Podrías conducir un coche como ese", "esta casa es muy pequeña", "esa chica te mira y no porque seas guapo, sino porque sabe que yo estoy contigo", etcétera.

Resulta que funcionó. Su manipulación le acercó a más de los suyos, cuantos más eran, más poder tenían. En grupo les llamaban "fajo" y su influencia crecía, podían bajar pantalones, cerrar bocas y abrirlas también. Y lo mejor es que los hombres seguían creyendo tener el control, así que vivían mansos y obedientes a todos sus deseos. Era una maravilla.

LA_YONKI_DE_MI_CALLE

Le gustaba la música y salir sin plan. Prefería pensar que podía acabar en cualquier parte, aunque luego terminara haciendo lo mismo en los mismos sitios.

Una noche de agosto conoció a Carlos. Tocaba una guitarra cubierta de parches de cinta americana y cantaba para sí, casi inaudible, sentado en el respaldo de un banco del parque Caramuel. Había jaleo a su alrededor, pero no solo lo ignoraba, sino que ni siquiera era consciente de él. Le pareció bonito y esperó a que terminara para decírselo. Él contestó con halagos y propuestas.

Amaneció sin ser virgen, ni en las venas ni entre las piernas. No encontró en la intemperie del chamizo sin ventanas en el que se colaron para colocarse ni rastro de romanticismo; tampoco una excusa que darse. Se asustó y salió de allí.

Pasó algún tiempo huyendo, lo que en su caso significaba no ir a ninguna parte, quedarse en casa. El problema es que al huir, dejó cosas atrás y otras se pusieron por delante. Lo que se puso por delante fue el cinturón de Padre.

Somos como somos y como nuestras circunstancias nos invitan a ser. Sus inquietudes de niña siempre chocaron con la mentalidad conservadora de su padre. Roce a roce, esas inquietudes fueron afilándose hasta cortar como un cuchillo, circunstancia que se dio paralela a una relación cada vez más tensa. El resultado, tras una desproporcionada bronca de cuero y latón, era de esperar.

Se fue de casa con quince, con una bolsa de deporte y 600€ que robó de la caja de zapatos que Madre guardaba en el maletero de la cocina, en pago a tanta neutralidad. En realidad, le dolió coger aquel dinero, en el fondo sabía que el amor que Madre sentía por ambos le partía en dos la voz cada vez que tenía ocasión de zanjar las discusiones.

La soledad y el miedo de la primera noche en ninguna parte la acercaron a la vida de la mala gente que, aunque mala, era gente y daba mucho menos miedo que la soledad. Las fronteras de los días fueron ampliándose hasta no limitar nada y las sanas costumbres cediendo terreno a los vicios insanos,

que consumieron por completo su noción de normalidad. Después de todo, consiguió vivir al margen de
la rutina, pero no como ella había imaginado.

Apuntaló su recién estrenado mundo en continua
demolición con vigas de lo que ella entendía como
rebeldía, libertad e independencia. Continuó abriéndose escondites en brazos y piernas para encerrar
en ellos a sus demonios, que terminaron por coloni-
zar su cuerpo entero.

En uno de sus viajes diarios a ras de cielo se encontró de bruces con una acera pegajosa. Le cayó
una década en la cara y la inesperada oportunidad
de empezar de cero. La tomó con ganas; pero sin
fuerza. Las cuerdas de la guitarra de Carlos la man-
tienen atada al barrio y a la dependencia, a la mise-
ria y a la puerta de supermercados e iglesias. Sigue
tambaleándose, aturdida por el golpeteo constante
en la nuca de todo lo que podría haber sido.

MOLINO_DE_VIENTO

El viento tenía tan mal perder que creía ganar siempre la batalla diaria; pero no era así. Él, exhibiendo orgulloso su caliza complexión, respondía a sus aires de grandeza con la mano abierta. Ni siquiera se molestaba en agotarse, utilizaba la fuerza de su oponente para golpearle. Una vez, otra y otra.

Solo le salvaba carecer de un cuerpo en el que recibir la tunda. Recordárselo era la parte psicológica de su incansable contraataque. El viento, por su parte, se burlaba haciendo hincapié en sus botas de cemento.

Sabía que, una vez vencido el viento, podría dejar su huella en aquellos campos secos que languidecían al sol y moler las mentes de piedra de quienes le creían molino, porque habían olvidado el aspecto de los gigantes.

MAJARA

Hubiera pedido una orden de alejamiento, pero al no ser el estrés ni la mala vida personas físicas, lo tenía difícil. Protagonista tomó la iniciativa. Juntó todas las vacaciones que le quedaban y se marchó a Fortizel, un pueblo costero en el que pasaba los veranos cuando era niño. Llevaba varios días alejándose de la zona de playa más transitada. Su tercera noche allí, le había llamado Lucía. Nada más colgar, su desconexión y su descanso desaparecieron y, en un intento por reencontrarlos, caminaba cada día hasta más lejos.

No tardó en descubrir una zona en que la arena fina daba paso a una cresta poco empinada de cantos rodados que se extendía un kilómetro y contra la que rompían con suavidad las olas de la tarde. No era el mejor sitio para tumbarse a tomar el sol, por eso no había ni rastro de turistas. La primera vez, recorrió la cresta hasta el final y se dio la vuelta escoltado por las miradas de reojo de pescadores y pescados, unas curiosas, otras ausentes. La segunda vez, se sentó e intentó evadirse de la sensación irritante de sentirse observado.

Le costó controlar el acto reflejo de sacar el móvil cada cierto tiempo y le molestó echar en falta un libro o algo sobre lo que fijar la vista para no sentirse incómodo. Tenía el mar; pero no le bastaba. Envidiaba la serenidad de todos aquellos tipos que aún sabían sentarse a mirar y esperar.

La tercera tarde, tuvo la agradable impresión de pasar desapercibido. Aguantó una hora sin hacer nada más que estar y volvió a la playa habiéndose quitado de encima la losa de la ansiedad y su perenne manía persecutoria.

Las escapadas se convirtieron en costumbre. El octavo día de sus vacaciones se encontró poniendo excusas para no irse de cañas con Lydia y Marco. Su hora en la cresta, que se iba extendiendo y que ya rozaba peligrosamente el par, se había convertido en su momento. *Su* momento, como si todos los demás no le pertenecieran. Estaba perdido en el vaivén espumoso de la orilla dándole vueltas a esa idea cuando divisó a lo lejos una ola gigante musculándose con cada metro ganado al mar. Los pescadores siguieron a lo suyo, como si nada pasara.

Se fijó bien. El cuerpo curvo de la ola lo formaban miles de correos electrónicos apilados unos sobre otros con base en lo que parecía una bandeja de entrada. La suya. La mole de agua y letras fue ganando altura y estrechándose hasta formar una columna que amenazaba con aplastar solo a Protagonista. Se levantó y corrió cuanto pudo tierra adentro. De nuevo en busca de un puñado de paz, un pedazo de tierra, mar o aire en el que esconderse de su histérica forma de vida.

Huyó espoleado por el miedo que le había dejado en el cuerpo la alucinación oceánica de lo que le esperaba en la oficina. Cruzó a la torera una carretera de doble sentido y se zambulló en el campo. Ni se dio cuenta de que estaba anocheciendo. Solo cuando estuvo completamente desorientado, encontró el Quinto Pino, o eso ponía en la puerta de aquel árbol inmenso que repelía la cobertura y permanecía invisible a la gente cuerda.

Se instaló allí. Fueron momentos tranquilos. Pasó algo de frío y un poco de hambre, hasta que unos señores muy simpáticos aparecieron con bocatas y una camisa blanca con las mangas cruzadas al pecho. Le llevarían a Majara Tucu-Tucu, por lo visto un centro especial para gente con talentos especiales. Estaba deseando llegar.

SERVILLETERO

De torso firme y parco en extremidades. Descabe-
zado y sin conciencia. Descorazonado e indolente.
Abollable y rompible. Férreo unas veces, *plastíqueo*
otras tantas. Cuadriculado en cierto sentido. Rectan-
gulado casi siempre. Agradecido y complaciente sin
importar la situación. Expendedor de "Gracias" sin
fin. Impersonal; pero en general más amable que
cualquier felpudo. Contenedor de la materia prima
necesaria para garabatear notas y/o forjar potenciales maestros en papiroflexia.

Máximo representante del estatismo vital, por ina-
nimado y por inerte; por objeto insustancial. Incapaz
de escuchar, decir o ver, aún así, testigo de muchos
cafés con historia y de más de una llamada importante, de algún que otro amor a primera vista y de varios
hasta nunca disfrazados de "seremos amigos".

BUEN_VIAJE

Sin saber muy bien cómo, aterrizó en un andén. La mano dulce de su madre y la voz tranquila de su padre le abrieron camino en la estación mientras buscaba a tientas el sentido a las formas del mundo.

Tardó poco en distinguir las caras de la gente y sus palabras al pasar. Aprendió el verano y el invierno, nuevas formas de sonreír y más porqués para llorar. De la mano del suelo hizo sus primeros descubrimientos: equipajes de colores, encuentros, reencuentros, desencuentros y escondites que terminaban siempre en brazos, por su manía juguetona de acercarse de más a las vías.

Mientras el reloj dirigía el tráfico y cambiaba las luces, él fue alejándose del suelo y empezó a mirar diferente, a buscar un sentido a sus pasos que, según crecían, iban dejando pequeño aquel lugar que antes le resultaba enorme.

No tuvo que pedirlo. Llegado el momento, la mano dulce y la voz tranquila le desearon buen viaje. Pudo ver un temblor en los dedos finos de su madre y escuchar el nudo en la garganta de su padre que, con los brazos cruzados sobre el pecho, como queriendo retener para sí el final de todos los escondites compartidos, le pareció, por primera vez, más humano que súper héroe.

Empezó su camino convencido de que nada quedaba muy lejos a sus recién estrenados pasos agigantados y de que saciaría su hambre de vida, sus ganas de comerse el mundo. Engulló paisajes, momentos y estaciones. Pasó de largo el frío y se empapó de calores mucho más profundos que los de ningún agosto conocido. Tuvo miedo y encogió algunas veces; pero nunca se sintió tan pequeño como cuando Ella le miró de frente. El rubor le agachó los ojos, a Ella le divirtió. Siguieron juntos, como si fuera lo más natural y sencillo del mundo.

La vulnerabilidad que sintió al tener que ser súper héroe para otros le acercó a sus padres y les devolvió la capa que se quitaron cuando su aventura comenzó. Se abrazó fuerte a los días de juegos entendidos ahora como raíces, para mantenerse en pie cuando le tocó a él desear feliz vida. Las distancias cambiaron de significado. Siguieron tendiendo raíles, mirando ahora tantas veces atrás como hacia delante. Fueron bajando el ritmo. Ella se paró primero. Con su adiós vinieron la inercia y el sueño de un nuevo horizonte compartido, más grande que el que persiguieron juntos y rozaron tantas veces, de tantas formas.

EXTINTOR

Ni de izquierdas ni de derechas, de donde hubiera hueco, eso sí, más rojo que nadie y capaz de bajar los humos rápidamente a cualquier idiota con ganas de hacer saltar la chispa.

Prefería pasar desapercibido, no como sus colegas de oficio, el botón rojo, siempre tan alarmista, o el hacha en vitrina que, por alguna macabra razón, atraía todas las miradas. Se sentía más identificado con la manguera enroscada o el aspersor de techo (o como se llame).

Un tipo duro con nombre intimidante: Extintor. Sin embargo, de trato mucho menos áspero de lo que cabría esperar. Algo cerrado; pero capaz de abrir todo tipo de mentes sin esfuerzo. Modesto, eficiente, de moral y postura rectas, con las cosas claras y un objetivo en la vida. Un grande.

DESCANSA_EN_GUERRA

Conoció a muchos que, por no luchar, habían pasado la vida en guerra consigo mismos. Todos ellos descansaban ahora en paz. Él, sin embargo, había peleado hasta el final para vivir en paz, lo que no le dejó más remedio que, por coherencia, descansar en guerra con todo lo que a sus resignados compañeros dio paz: el propio descanso, el olvido y la muerte.

DE_CARA_A_LA_PARED

Acababa de ver pasar un barco velero navegando sin prisa entre las celdas A12 y B12 de su hoja de cálculo. Con la mirada fija en su particular mar de píxeles, que podía tomar cualquier forma según soplara el viento o tuviera el ánimo, viajaba a diario lo más lejos posible de aquella oficina gris disfrazada de colores vivos.

Su imaginación hacía las veces de vaselina, dulcificando un poco la fricción violenta que le cosquilleaba el trasero con cada reunión interminable, con cada hora perdida picando datos como un poseso a la sombra de las estridentes luces de su monitor.

A bordo de su silla con ruedas había viajado mucho más allá del fin de la moqueta. Había visitado lugares en los que no había puesto nunca un pie (ni una rueda) y había pasado días enteros envuelto en paisajes imposibles, lanzando desviaciones típicas y cifras de colores a la superficie de una enorme laguna imaginaria.

En su peculiar balcón, había espacio para preguntas de todo tipo, algunas sin mucha relevancia, como por qué seguía tomando el horrible café de la máquina, otras más trascendentes, como por qué no se iba de allí. Seguía sin encontrar una respuesta convincente a esa última. Su tímida cuenta corriente y su modesta, pero henchida nevera, sí lo habían hecho. Entendía su postura; pero su lógica no solo aplastante, sino también doliente, no le convencía del todo, solo lo justo para mantener el culo allí pegado mientras buscaba alternativas más amables.

Mientras tanto, continuaba viajando de cara a la pared. Sobrellevaba los días diseñando con precisión y todo lujo de detalles un futuro que veía cada vez más cerca. Y al fin llegó, solo que con la vejez de la mano, una señora tan arisca y gris como su oficina, que le dedicó su más encantadora sonrisa mientras le doblaba la espalda y le acomodaba en un mullido sofá con vistas a otra pared y al sol de una pantalla distinta.

DE_CARA_AL_TECHO

La mañana no terminaba de desperezarse. Por más que lo intentaba, el sol no conseguía atravesar la armadura gris de aquel martes de junio. Todo un descanso para su voluble estado de ánimo, que se volvía mucho más inestable con todo lo que parecía normal y corriente, como el buen tiempo a las puertas del verano. Aquel lugar colmado de pitidos, rezos invisibles y batas blancas era ajeno a cualquier medida de espacio y tiempo.

Su única referencia del mundo era la ventana con marcos de aluminio que dejaba abierta siempre que se lo permitían; del inframundo sabía más, gracias a las cuatro horas diarias de telebasura que concedía por compañerismo y para llenar con lo que fuera el agujero que se entreveía al borde de los silencios largos. El fragmento de techo que coronaba su cama

articulada le devolvía cada día la misma mirada inerte, la misma mueca inmóvil maquillada con gotelé
sucio.

El monólogo de su vecino sobre sus años mozos
llevaba días repitiéndose y sus ronquidos, capaces
de hacer tiritar el pilar más sólido del más profundo
sueño, ponían música todas las noches a su deses-
perado intento por dormir.

A pesar de todo, aquel anciano le caía bien y sus
historias, aunque en bucle, le permitían olvidarse un
rato de la pierna derecha hecha añicos, de las tres
costillas rotas, de la clavícula astillada, del miedo in-
crustado en cada miembro del cuerpo que le quedaba sano.

A veces, él mismo se aferraba con uñas y dientes
al insoportable dolor para no dejar espacio al miedo
que le producía pensar en redescubrir el mundo sin
ella, volver a enfrentarse a su casa, a su trabajo, a
las palabras de aliento, a la vida.

Recordaba un pitido, un giro brusco, un crujido
mucho más humano que el de ninguna carroce-
ría partida y vacío. Poco a poco iba recuperando
alguna imagen más, totalmente en contra de su
voluntad.

De la sustancia pegajosa envuelta en duermevela
que solían ser sus tardes gracias al efecto de la do-

lantina surgió la figura retorcida de un hombre muy mayor apoyado en un bastón.

—¿Cómo vas compañero?

—¡Ah! Es usted, encantado.

—Pierdo bastante sin la cortina tapándome por completo, lo sé.

La gracia se le clavó en el costado como mil alfileres; hizo lo que pudo para que no se notara.

—Perdona, chico. Solo quería despedirme, me dan el alta ya.

—Me alegro por usted.

—Gracias. Quería dejarte esto, no tiene ninguna importancia; pero pensé que te ayudaría a pasar lo que te queda aquí, seguro que poco.

Le tendió un libro con las cubiertas negras y las puntas dobladas. Sin título, autor, ni sinopsis.

—Está dedicado. Échale un vistazo cuando te parezca bien, sin prisa.

—Gracias, no hacía falta.

—Lo sé. Suerte chico, que vaya todo bien.

Se dio la vuelta y una enfermera acompañó al anciano sujetándole del brazo libre. En algún momento, la habitación recuperó su aspecto borroso e informe y se quedó traspuesto.

Después de varios días demasiado largos y parecidos entre sí, empezó a echar de menos el anecdotario matutino de aquel tipo, sus inhumanos ronquidos y hasta su cita *telecinquera* de las 16:00. Su lugar lo ocuparon una secuencia de hombres y mujeres sin rostro que pasaron demasiado poco tiempo allí como para atreverse a preguntar, aunque todos se enteraron de los detalles macabros.

Le visitaron primos, tíos, amigos rezagados y alguna que otra exnovia. Intentó mostrarse entero (más o menos) y de buen humor, a pesar de los alfileres que le cosían cada broma al tuétano.

Tras casi un mes, alguien levantó el velo que desdibujaba las formas y deformaba las horas. La falta de morfina le hizo más consciente del dolor, que se fue localizando hasta ser nítido como la punta de una flecha. Se le ocurrió refugiarse en las palabras del libro que le había regalado su antiguo compañero de celda. Estiró el brazo menos roto y lo cogió de la plataforma metálica que hacía las veces de mesilla.

O era muy antiguo o estaba muy maltratado. Algunas de las marcas no parecían las típicas de desgaste que uno puede encontrar en cualquier libro manoseado. Daba la impresión, más bien, de que se hubieran volcado sobre él muchas frustraciones en forma de arañazos, patadas y lanzamientos al aire.

Las páginas en blanco acabaron con toda esperanza de pasar la noche en una historia, por mala que fuera. Lo examinó despacio y no encontró nada más que alguna hoja arrancada y varias manchas de tinta. Solo había algo escrito al principio, a mano y lleno de tachones:

He sido padre tres veces y nunca he aprendido a dar consejos o a hablar como se supone que hablan los padres. Probaré de otra forma. Siempre me ha gustado contar historias, he intentado escribirlas muchas veces, pero no lo he conseguido nunca, así que técnicamente esta es la primera vez. Perdona los errores y el tosco estilo de un viejo que siempre quiso ser escritor, pero nunca lo intentó de verdad:

"Ya llevaba diez días ingresado. No sé qué problema en el intestino. Todo había salido bien y, contra todo pronóstico, no eran sus tripas doloridas ni la cicatriz reciente lo que le mantenía despierto hasta tarde. Más bien aquel chaval de la cama de al lado que se quejaba mucho menos de lo que parecía natural.

Algo había oído de la carga que llevaba encima y de la poca superficie que le quedaba entera para soportarla. Le había dado muchas vueltas, pero se sentía ridículo cada vez que pensaba en decirle algo relevante y profundo. Al fin y al cabo, no le conocía de nada y a él solo le respaldaba la experiencia de un millón de errores cometidos. No reunió el valor de decirle lo que llevaba mascando toda la semana hasta el último momento, como tantas cosas, tantas veces:

—He oído lo que te pasó, chico. Lo siento mucho.

—Sigo vivo, no me quejo, pero gracias. ¿Por qué me lo dice ahora?

—Me dan el alta ya.

—Me alegro por usted.

—Vas a echarme de menos y todo, ya no vienen tanto a verte.

—Bueno, demasiado tiempo aquí. La gente se cansa de ver algunas cosas y tiene su vida. Ya les veré fuera.

—Sí… ¿Sabes? —moduló la voz—, nunca he vivido en Oxford. Ni pasé una temporada en esa casona vieja junto al lago.

—¿Ah no? Me ha contado esas historias como veinte veces en estos días.

—Las historias son reales; pero no son mías, chico.

—No entiendo nada.

—Me imagino. Verás, tengo 85 años. Me han operado y no me muero de momento, mira qué bien; pero eso es todo. Ahora me iré a casa y… eso será todo también. Pensé que te vendría bien escuchar

todo lo que me hubiera gustado vivir, lo que otros hicieron y yo no.

—¿Por qué?

—Porque saldrás de aquí más o menos entero y estarás muy lejos de empatarme en años. Cuando te recuperes, podrás hacer lo que sea que quieras hacer. Antes de que los días normales empiecen a parecerse peligrosamente a esto. Pero ¡eh!, ¡entonces tendrás Telecinco!

—Odio Telecinco.

—Yo también —dijo el viejo sonriendo.

—¿En serio? Lo hemos tenido puesto 4 horas al día desde que llegó.

—Sí, ha sido horrible; pero tal vez haya servido de algo.

—No se me ocurre de qué.

—Yo solo no podía llenar tanto silencio... y parecías la clase de persona que no pondría pegas a las molestas costumbres de la gente mayor —le guiñó un ojo—. Hay cosas peores que romperse todos los huesos del cuerpo.

—¿Como qué?

—Como no tener energía para rompérselos. Como confundir madurez con resignación, o... —se paró a pensar— como no haber dedicado el tiempo necesario a tallarse unas arrugas que desbor-

den años de luces sin sombras o, mejor dicho, de luces que, a pesar de las sombras nunca llegaron a oscurecerse".

DE_CARA_AL_SUELO

A lo mejor precisamente porque no tenía miedo de caerse, lo hacía más a menudo que el resto. No sabía reprimir su atracción por la cuerda floja y el borde abrupto en que termina la superficie del "mundo real".

Había dedicado al suelo sus más sentidos abrazos y le había besado con labios, dientes y heridas abiertas. A golpe de vaqueros rotos y carne viva había entendido que agarrar el brillo que aletea entre las rutinas y la gente, aunque fuera solo por un momento, implicaba pagar un peaje de asfalto y "te lo dije".

"Te lo dije". "Tenías razón (aunque no)". Y de vuelta al filo entre las cosas que pasan y las que no pasan, por si acaso esta vez.

RETROVISOR

Siempre daba una última oportunidad al paisaje, para quedarse o para irse más despacio. No se giraba al despedirse, ni apartaba la vista cuando el sol de las tardes de verano iba ahogándose en el horizonte de vacaciones agotadas y juegos a medias.

No abandonó a un solo viaje mientras resbalaba despacio en el limbo que abraza lo presente, justo antes de sumergirse en el recuerdo y tomar el tono azulado y borroso de lo pasado cuando ya no es reciente.

Era un acompañante, un viajero nostálgico que no faltaba a su cita con el reflejo de los kilómetros de asfalto que sepultaban cuanto iba quedando atrás. Silencioso, discreto e incapaz de dar forma a la idea de que no siempre se avanza hacia delante y de que el verano puede perseguirse sin ir a ninguna parte, a pesar del invierno.

P P

Dragones azules surcan el cielo de Madrid colapsando el tráfico aéreo en épica procesión. El ruido de coches ha tornado en violines y trompetas y los vagabundos predican y vanaglorian las virtudes de la "bella muerte" y el valor heroico de José Luis, ayer aburrido banquero con predilección por los trajes grises y las corbatas verdes, hoy guerrero mítico, más hábil con las armas medievales que haciendo balances.

Los juglares, que hasta hace poco vendían fruta e imitaciones baratas en los mercadillos de turno, narran con intensidad la secuencia de movimientos con que el intrépido funcionario derrotó al monstruo alado que controlaba la zona noroeste de la capital.

El metro va cargado de legiones de arqueros y lanceros que se aglomeran en pasillos y escaleras mecánicas con patético resultado: carcajes que se enganchan y feroces estocadas por impedir el paso. Los guardias de seguridad, ataviados con yelmo y alabarda en lugar de su equipo habitual, porra y esposas, tratan de poner orden sin éxito.

Todos se dirigen a la coronación del aguerrido banquero como nuevo líder de la sección de "defensa contra bichos fantásticos escupidores de fuego, políticos y otras bestias" que tendrá lugar en Chamberí.

—Me sobra el guiño a Harry Potter. Está más de moda Juego de Tronos y, además, tiene más sentido en el contexto —dijo el presidente reclinándose en su sillón de cuero.

—Vale, a ver así: *todos se dirigen a la coronación del aguerrido banquero como Rey en el Norte. En sus primeras declaraciones ha puesto énfasis en su preocupación por el cambio climático, la memoria histórica y la seguridad ciudadana. Así, nos ha recordado a todos que "se acerca el invierno", que "el norte recuerda" y que "la noche es oscura y alberga horrores". Ha terminado su discurso con un sonoro "¡Hodor!"*

—¿No se nos está yendo un poco la cabeza? —puntualizó otro de los reunidos—. Hemos invertido mucho trabajo y recursos para erigir un partido político honesto que pueda conectar con la gente.

—Partido Popular, PSOE, Podemos, Ciudadanos...la gente está acostumbrada a los cuentos. Hay que pegarle duro a la ciencia ficción —se defendió el becario, que llevaba dos días sin dormir preparando aquello.

—Todos pensarán que es una broma.

—Es una broma; pero dice mucho de nosotros: no camuflamos las historias y los chistes de programa político o promesa electoral.

Canción de hielo y fuego, la presentación novelada del Partido Poniente (o nuevo PP), colapsó las portadas de la prensa nacional seria. El Mundo Today y El Jueves tuvieron cachondeo para meses. Aprovechando la coyuntura, esa y la del mundial de fútbol, gobierno y oposición multiplicaron la producción de pantalones pirata y se concedieron algún que otro homenaje con cocaína y helicópteros.

El boom del Partido Poniente se extinguió rápido. El primero en irse a la calle fue el becario que ideó y redactó la presentación que tanto dio que hablar. En sus meses de desempleo, escribió la segunda parte de *Canción de hielo y fuego*, 300 páginas de intrigas, conspiraciones y bilis. Fue un superventas, pero la editorial se bebió los beneficios, a él solo le dio para pagarse un máster barato y comprarse un trabajo de cuarenta horas en una empresa familiar cervecera venida a más: "una oportunidad para desarrollarse profesionalmente". Estaba encantado, excepto por el sueldo, las horas de más y los congresos los fines de semana.

INCERTIDUMBRE

Sus noches enteras celebrando ser joven, universitario y que la parte fea y formal del futuro quedaba lejos todavía, no le habían enseñado nada que le sirviera para despegarse esa horrible borrachera. Ninguno de sus viejos trucos funcionaba, ni mear, ni engullir, ni lo que antes era infalible: dejar de beber.

De hecho, visto que aquella melopea no se comportaba como cualquier otra, probó a alternar los tumbos que iba dando de la motivación a la indolencia y de la euforia a la depresión con bandazos de Santa Teresa a Cutty Sark, por si en un traspiés etílico encontraba alguna forma de equilibrio.

La monumental cogorza empezó cuando su rutina tropezó con un despido improcedente que le arrancó de cuajo el suelo firme por el que solía caminar hacia los sitios. Despeñada la rutina, no volvió a encontrar la postura en el colchón, ese que había alimentado mes a mes los últimos años y que, de pronto, le parecía famélico y cada vez más incómodo. A pesar de estar aún lejos del somier, tenía la sensación de clavarse las lamas cada vez que se daba la vuelta.

Firmar aquel papel le secó tanto la boca, que no pudo reprimir el instinto de beberse entera la botella. Nadie le avisó de que la Incertidumbre tiene más grados que el ron, ni de que sus efectos secundarios dejan al Jägermeister a la altura del zumo de naranja.

A la fuerza, se acostumbró al mareo, a las náuseas y al dolor de espalda. Retomó el deporte y el hobby que dejó al terminar la carrera, eso de escribir. Tuvo que dejar de decir que no tenía tiempo. Volvió a llamar. También a ella. Un día se encontró en el espejo con un hombre más joven y varias veces más feliz, con otras preocupaciones y otro trabajo; casi libre.

GALERÍA

"La feroz competencia entre el azul agrisado del cielo y el añil de la superficie generan un contraste armónico y contradictorio. No hay rivalidad ni lucha en esta delicada guerra de azules que tiene como único mediador al reflejo ambarino del sol que, como cada día, es la única víctima del conflicto y acaba fundido en el fondo del mar. La naturalidad, la brutalidad y la simplicidad de algo tan común te retuerce las entrañas incluso después de haberlo visto cientos de veces. Si sabes mirar. Es una metáfora; un recordatorio de lo diminutos que somos y de que, por muy complicada que nos parezca nuestra vida, las cosas que nos sobrevivirán y que otros buscarán tan desesperadamente como nosotros son realmente sencillas y no entienden de egos ni aspiraciones..."

—¿Tú ves algo de eso? —cuchicheó Protagonista.

—Joder, no; pero ojalá pudiera. Yo solo veo un lienzo blanco con dos manchurrones azules y uno amarillo. De todas formas, da gusto escuchar al tipo.

—Y el vino es gratis.

—Pues eso, además me han dicho que la gente sale con hambre de estos sitios.

—Normal, comida no hay.

—No esa clase de hambre… recuerda, "delicada guerra de azules".

—Adoro el arte.

EL_TRÉBOL_CHINO

Amaneció con la espalda alicatada al suelo de una cocina. Un chino le restregó una fregona por la cara mientras le gritaba los buenos días en perfecto mandarín, o algo así. Desde luego, aquel no estaba entre sus 5 mejores despertares.

Algo había fallado la noche anterior en su equilibrado acuerdo con la pared del Boothill: por norma general, él la sujetaba mientras bebía hasta que ella le devolvía el favor. Esta vez iba solo por la quinta copa cuando cayó de bruces sobre una de las mesas. Tuvo que ser la de la timba de los mafiosos de turno. Mala suerte.

Le dieron *picas*, *rombos* y más *picas*, ni rastro de *corazones*, incluso juraría que se coló algún *basto*. La mano concluyó con *escalera* a la que él puso *color*. Le recogió Chen, el cocinero jefe y propietario del restaurante de al lado. Le calentó algo de sopa y le dejó pasar la noche allí. Un buen tipo, Chen.

Se lavó la cara en la pila y salió a la calle acompañado aún por el "tapeiounyendadapikethá..." de su asiático despertador. Agradeció el barullo familiar de los diésel destartalados y la gente con prisa. Fue directo al Jim´s, una de esas clásicas cafeterías estilo Detroit con sillones de cuerina granate, baldosas ajedrez, jaleo y camareras con delantal. Su café era horrible, te mataba o te resucitaba; los supervivientes siempre volvían. Quedaba a menudo con Bill ahí.

—Cada vez tienes peor pinta, Protagonista —comentó Bill sin levantar la vista del periódico.

—No creas, gané la partida: *Escalera de color*.

—A alguien le molestó mucho perder, por lo que veo.

—Al grano.

—Ya sabes mi opinión, que tu negocio vaya mal no es una cuestión de dinero así que no me parece...

—Al grano, Billy.

—Vale. Tú sabrás. Vas a deber pasta a quien no debes. Te dejan 20 000.

—Bien. ¿Cuándo y dónde?

—Mañana por la noche en el Rain Dogs.

—Gracias, B.

El malestar de la resaca se fue concentrando en las zonas magulladas. Pasadas unas horas, se esfumó el aturdimiento y solo quedó el dolor. Caminó hasta su tienda de instrumentos en el centro. Su apuesta por los fabricantes europeos había salido mal, para mantenerse tuvo que volver a tocar para otros, lo que supuso horas de ensayo, viajes y desatender su negocio.

Necesitaba dinero para levantarlo, montaría un pequeño taller de ajuste y reparación y compraría equipo para acondicionar un espacio para audiciones y pequeñas actuaciones. Hizo algunas llamadas, pidió presupuestos y atendió a quien pasó por allí, poca cosa. Llegó al Rain Dogs a las 12. Saludó a Tom, que acababa de cerrar la primera parte de su actuación. Había tocado con él hacía unos años. Mantener ese vozarrón implicaba una forma de vida aún más destructiva que la de Protagonista en los últimos tiempos. Se abrió camino entre las zarzas de humo hasta el reservado junto al escenario.

—Llegas justo a tiempo, Protagonista. ¿Juegas al Póker? —dijo a modo de saludo y presentación un hombre rapado y barbudo, cubierto de tatuajes y joyas extravagantes.

—Casi mejor que no.

—Una pena, era tu oportunidad de doblar sin intereses los 10 000 que voy a dejarte.

—Bill me dijo que...

—¿Crees que le cuento a Bill los detalles?

—Lo siento entonces, pero no puedo aceptar. Con 10 000 no puedo hacer lo que necesito.

—Aceptaste al preguntar.

—Suerte con la partida, me marcho.

—Chicos, acompañadle, no se vaya a perder —ordenó a dos tipos que sumaban cuatro Protagonistas.

Le dieron *rombos*, *picas* y otra vez *rombos*. Esta vez estaba seguro de que pasó por allí la *sota de bastos*; de nuevo, ni rastro de *corazones*. Por suerte, la partida acabó con *color*, sin escalera. Se le hizo de día en el callejón. Tom le ayudó a llegar a casa. Durmió hasta que pudo hacer algo más que eso.

Se acercó a la tienda. No le sorprendió encontrar el escaparate reventado y no encontrar el material más valioso. En la caja registradora había una nota: "Los intereses. Ya estamos en paz". Liquidó lo que le quedaba en el almacén, pagó lo que debía a sus proveedores y echó el cierre. Solo se quedó una guitarra acústica K.Yairi con más valor sentimental que económico.

Tras dos semanas en blanco, se pasó por el restaurante de Chen.

—¿Querías aprender a tocar, no?

—Sí, pero no tengo tiempo —contestó Chen mientras picaba zanahorias a toda velocidad.

—Yo te enseño, si tú me enseñas a cocinar. Vendré aquí.

No lo hacía mal. Había dado clases a gente mucho más torpe. A él le costó más manejar con soltura los cuchillos sin rebanarse los dedos y limpiar pescado sin destrozarlo. Fue haciéndose hueco en el restaurante, después de un año era uno más y le pagaban algo, suficiente para ir tirando.

Se enganchó a la cocina. Mejoró más que su compañero chino con la guitarra. En noviembre, un ataque al *corazón* se llevó a Chen y el nuevo propietario le ofreció un contrato fijo como cocinero en el renovado restaurante: El *Trébol* Chino.

ESQUELA

Como cada mañana, pasó por el Jim´s para desayunar algo antes de fichar. Estaba enganchado a su asqueroso café quemado. Normalmente, en cuanto le veían le ponían lo suyo, pero después de pasar un buen rato sentado y, al parecer, también desapercibido, se acercó a la barra a pedir.

Llamó a los camareros por su nombre e hizo aspavientos de toda clase. Ni caso. Cogió un periódico para quitarle importancia a su recién adquirida invisibilidad. Estaba abierto por las necrológicas, leyó sin mucho interés:

Fulanito de Tal, Bertha H., Protagonista… ¿Cómo?
"Protagonista, tu esposa e hijos no te olvidan. DEP".

El suyo era un nombre muy poco habitual. Alguno de sus compañeros de trabajo le estaría gastando una broma. Lo normal hubiera sido que le hiciera gracia; pero ni pizca. En vez de eso, por alguna razón, seguramente porque aún no se había puesto la dosis diaria de cafeína, la noticia de su supuesta muerte le provocó angustia. Se sintió raro. Sería una bajada de tensión, necesitaba azúcar.

La sensación empezó a apoderarse de él. El miedo le anudó la garganta, pero era tan invisible como él en su gesto ausente. Dejó el periódico y analizó la escena. Reinaba el mismo bullicio de siempre, las mismas caras, la misma mugre añeja en la plancha, la misma desgana entre personal y clientes. La televisión estaba encendida, eso era una novedad. Las noticias hablaban de un incendio en una fábrica de automóviles. Nadie alzó la vista. Le entró calor. No recordaba nada de la tarde anterior. Necesitaba azúcar.

Le vino a la mente el caro colchón de viscolátex que había comprado el mes anterior: "Bienvenido a la perfección del descanso", citaba el eslogan. "Podría ocurrir un terremoto al otro lado de la cama, señor; pero usted no lo sentiría en absoluto. Seguiría durmiendo plácidamente". No pudo evitar reírse ante la analogía, en parte por lo que de absurdo tenía comparar la indolencia colectiva con un colchón, en parte por que eso fuera lo primero que se le había venido a la mente nada más empezar a plantearse seriamente estar fiambre.

La risa fue desvaneciéndose con alguna que otra parte de su cuerpo. Quiso hacer algo; pero no se le ocurrió cómo frenar la caída en picado de este mundo al otro. Terminó por convertirse en nada. En la nada más absoluta que conforma la esquela de un periódico, solo papel fugaz y tinta seca.

SEÑOR_ROCA

Estimado Señor Roca:

Siempre he admirado la profesionalidad con que ejecuta su labor y, aunque me asquea, me congratula, como tantas cosas de calado mucho más profundo que su hambre voraz y repugnante.

Le escribo porque en secreto le extraño, ya ve, aquí en mitad del paraíso, en plena naturaleza, alejado de todo cuanto quería tomar distancia unos días, pero de lo más hondo de mi ser brota contenida una nostalgia que no termina de materializarse y que, a todas luces, tiene que ver con usted.

No se confunda. Su imagen no me despierta mariposas en el estómago, sino que las mariposas de mi estómago evocan su imagen. No está mal, es bonito que se acuerden de uno, sobre todo en momentos de intimidad.

Le busqué un sustituto en el camping; pero ni punto de comparación con sus delicadas maneras, de hecho, fue cosa de una sola vez, de ahí mi inconsolable desazón.

Le envío una postal del lugar. Desando verle pronto,

Protagonista.

COMA

Estimada Coma:

No aguanto más. Y lo siento mucho, porque sigo enganchado a tu forma esbelta, a tus guiños traviesos y a tu molesta, pero adictiva costumbre de dejarlo todo a medias.

He intentado con todas mis fuerzas considerar que es solidaridad el hecho de que te arrodilles con tanta facilidad a los pies de la primera letra que pasa. "Evito muertes por asfixia", es lo que siempre dices, tu excusa preferida, y casi cierta; yo cumplo una función parecida, la diferencia es que yo lo hago con aséptico rigor profesional. Lo tuyo es vicio.

El sexo era genial, aunque me hubiera gustado que te pusieras encima alguna vez, por cambiar. Para ser tan puta (y lo digo con cariño) eres bastante paradita y repetitiva. Espero que todo te vaya bien y que seas feliz. Nos veremos delante de algún "pero", aunque ya no será lo mismo.

Tuyo, el Punto.

BIPOLARES

El chiste era tan malo que le hizo muchísima gracia. Hacía tiempo que no se reía así, tan de verdad, tan porque sí. De camino a por otra cerveza, se preguntó por qué ya casi nunca surgían tardes como esa.

El primer trago a la jarra helada con sus dos dedos de espuma arrastró el poso triste de su viaje a la barra. Durmió bien, se levantó mal, porque era domingo y tocaba pie izquierdo. Además era fin de mes y su despensa pedía auxilio. Por lo menos, la peli mala de las 16:00 no era tan mala, de hecho era buena, lo que le impidió dormir la siesta. Eso le molestó, aunque así descansaba mejor cuando tocaba.

Lunes. 22 grados. Sol. Llegó a la parada a la vez que el bus. Así da gusto —pensó—. Fichó con tiempo, su jefe pilló atasco y había reunión… contra todo pronóstico, felicitó al equipo. No tuvo apenas trabajo las últimas 4 horas. Todo muy bien, si obviamos el peso agobiante del aburrimiento.

Llegó a casa cansado, su compañero se había puesto cocinillas, qué detalle; excepto por el picante, ya le había dicho cuarenta veces que no le gustaba el picante; pero esa noche no se le había ido la mano. O sí, pero se estaba acostumbrando. Tenía días.

UN_MAL_SUEÑO

Nada más bajar del autobús, sus ganas de orinar empezaron a crecer exponencialmente. En dos manzanas, pasaron de un toque de atención de la madre naturaleza a la madre de todas las urgencias.

Entró en casa y se aguantó el tiempo necesario para ir a la habitación y poner a cargar su reloj nuevo, para lo que tuvo que desenchufar antes la tablet. Segundos después, se entregó en cuerpo y alma a la deliciosa sensación de dar rienda suelta a los instintos cuando se han reprimido demasiado tiempo.

Durante su liberadora y torrencial descarga, olvidó su jornada de 8 horas y media navegando por numeritos y hojas de cálculo. Le vibró el móvil en el bolsillo y aquello parecía ir para largo. Había estado chateando con una chica en Tinder. La cosa prometía, todo fluía bien.

Lo tenía comprobado. La velocidad de respuesta en esta clase de asuntos se interpretaba como directamente proporcional al interés y, el interés solía deshacerle la cama, así que decidió poner a prueba la siempre cuestionada capacidad multitarea de los hombres pensando que, al fin y al cabo, la tecnología vuelve a los varones un poco más ambidiestros. Intentó corresponder la impaciencia de Rosie_87 con la izquierda.

Rosie_87 —¿Qué haces?

Protagonista —Acabo dde legar a casa y wstaba prnsando en escribrte.

Rosie_87 —jajajajajaja (cara sonriente; cara sonriente).

Protagonista —jajajaja (guiño; *emoji* de tipo amarillo enseñando los dientes que nadie sabe qué significa, pero queda resultón).

Al verse reflejado en el espejo del lavabo, descubrió con sorpresa que ya había completado la imperiosa necesidad que le había llevado al baño. La imagen de su virilidad goteando bajo la pantalla del iPhone le resultó patética. No había por dónde cogerla, literalmente.

Enfundó sus dos bienes más preciados, se lavó las manos y se lanzó al sofá. Cómo era posible que pasar tantas horas sentado agotara tanto seguía siendo un misterio para él. Sonó el fijo. Maldijo bien alto. Y bien soez; pero se levantó a cogerlo para no tener que escucharlo hasta que quien estuviera al otro lado se cansara.

—¿Sí?

—Buenas tardes, le llamo de MoviStar, ¿podría facilitarme su nombre?

—Protagonista.

—Hola, Protagonista. El motivo de mi llamada es ofrecerle una promoción exclusiva para clientes que llevan más de 6 meses con nosotros.

—Ahá.

—Estamos regalando 3 meses del paquete completo de cine y series, que incluye el canal caza y pesca y el canal Playboy, ¿estaría interesado?

—No cazo, no pesco y el porno en la tele es raro; pero si no hay que pagar, me apunto.

—Perfecto, Protagonista. Solo necesito que me conteste a unas preguntas.

Mientras la telefonista rellenaba un formulario sobre nuevos hábitos de consumo, Protagonista ojeó el correo en el iPad: ofertas, ofertas y más ofertas de páginas web a las que no recordaba haberse suscrito. Las eliminó.

Terminada la gestión, volvió al sofá. Empezó a recorrer el catálogo de Netflix, HBO y MoviStar para ponerse algo mientras cenaba. Todo le daba pereza o ya lo había visto. Tras veinte minutos, se decantó por una película al azar.

Siguiente paso, hacer la cena. Mal, nevera vacía, había olvidado hacer la compra. Vuelta al sillón y al móvil. Abrió la aplicación de Just Eat y repitió el último pedido en el Trébol Chino: pollo al limón, arroz tres delicias y pan chino.

Rosie_87 reclamaba ahora su mano derecha. Se pusieron a hablar de la nada que precede al Rock & Roll cuando solo se pretende Rock & Roll; pero desde la humanidad y el buen rollo, para que los complejos no molesten mucho.

Sonó un pitido raro. ¿El horno? Fue a la cocina, nada; venía de la habitación. Tenía una llamada entrante en el reloj. ¿Por qué no había sonado el móvil? "Descolgó" y se acercó la esfera a la boca.

—¿Sí?

—Buenas tardes, ¿hablo con Protagonista?

—Sí, dígame.

—Mi nombre es Amanda, le llamo de Seguros Z, tiene contratado con nosotros un seguro de hogar.

—Y otro de coche.

—Eso es. Le llamo para hacerle una oferta, ya que va usted a morirse.

—¿Cómo dice?

—No se alarme. No ahora, o eso espero, sería una horrible coincidencia. Me refiero a que va a morirse, como todos, algún día, y por eso es buena idea contar con un seguro de decesos.

—Esto ya es lo último —protestó indignado Protagonista.

—De hecho no, señor Protagonista, de lo último es de lo que quería hablarle. A nadie le gusta pensar en ello, pero la vida es así y cuando llegue el día es mejor ahorrar a los seres queridos un gran gasto y unas cuantas decisiones desagradables.

—¿Qué decisiones?

—El modelo de ataúd, la urna, el traslado del cuerpo… y en lo tocante a las cifras, unos 6 000€ de media.

—¿Cuánto? —el importe se le atravesó en la garganta.

—Lo sé, morirse sale carísimo, pero con Seguros Z, a su edad y siendo ya cliente, solo le costará unos euros al mes. ¿Padece alguna enfermedad?

—Creo que no me interesa, gracias.

—¿Está seguro? Piense que vivir tranquilo no tiene precio…

Sonó el timbre: la cena. Colgó el teléfono. Descargó los tuppers de plástico en un par de platos, informó a sus 100 colegas de Instagram de su menú gourmet y se puso a ver la película. Era malísima, no tardó en quedarse dormido. Soñó con móviles que reclaman horas, relojes para llamar por teléfono y seguros con cobertura de abducción alienígena. Rosie_87 no se parecía en nada a la de la foto. Tenía que comprar un ordenador nuevo, el suyo ya tenía dos años. Internet iba muy despacio. Otro grupo de Whatsapp. Otro grupo de Whatsapp. Alarma: mañana tienes cita con el urólogo. Contrate un depósito. Unifique los gastos de su hipoteca. ¿Ha estado alguna vez en Cancún? 350 000 resultados encontrados para "camiseta de deporte".

Se despertó chorreando sudor. Eva encendió la luz de la lamparita de la mesilla.

—¿Estás bien?

—Sí, solo ha sido un mal sueño —se recostó sobre ella.

—Intenta volver a dormir.

www.ingramcontent.com/pod-product-compliance
Lightning Source LLC
Chambersburg PA
CBHW051839170626
46807CB00003B/1255

* 9 7 8 8 4 6 9 7 7 8 3 0 2 *